닮고 싶은 얼굴

시와소금 산문선 · 012

닮고 싶은 얼굴

장희자 수필집

시와소금

아카시아 향기가 짙은 봄날,

네 번째 수필집을 내게 되었습니다.

'한국인은 책을 읽지 않는다.' 말을 듣고

작품집 내는 일이 많이 망설여졌습니다.

글쓰기가 점점 더 어렵다는 생각도 들었습니다.

욕심을 버리고 다만 내 글을 읽는 분들과

공감하고 조그만 감동을 줄 수 있다면 만족하리라

생각하며 용기를 냈습니다.

종지에 담으면 알맞은 문장력을 큰 그릇에 담고 싶다는

욕심이 앞섰는지도 모르겠습니다.

글쓰기를 통해 기쁨은 오래 간직할 수 있었고

응어리는 쉽게 풀어낼 수 있어서 좋았습니다.

책을 읽고 글쓰기에 몰입하면서 자신의 삶을

돌아보고 깨우쳐 갑니다.

덥석덥석 받은 작품집이 마음의 빚으로 남았는데

춘천시 문화재단의 도움으로

경제적인 부담 없이 빚을 갚게 되었습니다.

아이들에게 엄마가 열심히 살았다는 흔적도 남깁니다.

다음에는 부끄럽지 않은 작품집을 완성하여

독자들의 가슴에 오래 남을 글을 쓰도록 노력하겠습니다.

부족한 글 읽어 주셔서 고맙습니다.

| 차례 |

| 책을 내면서 |

제1부 | 정은 나눌수록 깊어진다

제2부 | 토우와의 만남

제3부 | 매실 따던 날

제4부 | 토끼, 멍멍이 그리고 삐약이

가슴을 울리는 북소리

북소리가 사람을 깨운다. 춘천시민의 날 행사 뒤풀이로 태극팀의 북 합주가 예술회관을 꽉 채운 관중을 압도하고도 남는다.

막이 오르자 머리에 끈을 질끈 동여맨 젊은이가 양팔을 벌려야 닿을 만큼 큰 북을 부드럽게 애무하며 공연이 시작되었다. 북 채를 든 두 손이 신들린 듯 현란하게 움직이며 북의 중앙에서 가장자리로, 소리가 잦아들다 커지고, 파도가 일듯 홀 안에 물결친다. 손놀림이 얼마나 빠른지 눈으로 쫓기 힘들다. 북소리가 내 몸을 휘돌아 가슴을 쾅쾅 두드리자 가슴이 뻥 뚫리는 느낌이다.

이어서 검은 옷에 빨간 끈을 허리에 두른 다섯 명의 청년들이 북을 밀고 뛰어 나와 합주를 한다. 얼마나 연습을 해야 여섯 사람이 일심동체가 될까? 마치 한 사람이 움직이듯 소리가 일치한다.

북소리는 사람을 사로잡는 힘이 있다. 소곤소곤 대화를 나누듯 잦

아들 때는 내 숨소리도 조용해지고, 혼신을 다해 두드릴 때는 숨이 가쁘고 심장이 쿵쿵 뛰며 손에 땀이 난다. 몸속에 있는 세포가 모두 깨어나 박자에 맞춰 몸이 절로 흔들린다. 그냥 뛰어나가 북소리에 맞추어 춤을 추고 싶다.

신석기 유물에서도 북이 나오는 것을 보면 북은 오랫동안 우리 생활과 밀접한 관계가 있다. 안악 3호 고분벽화 행렬도에 큰 북을 멘 사람이 맨 앞에 있다. 군사들은 북소리에 따라 전진과 후퇴를 했다한다.

통신수단으로, 종교나 주술적인 힘을 빌 때, 궁중제례악이나 종묘제례악의 시작을 알리고, 판소리 공연 때도 고수가 북을 두드려 박자를 맞추고 흥을 돋운다.

절에 가면 종, 운판, 목어, 북, 사물이 있다. 법고는 시방세계를 깨우치고, 짐승의 가죽을 씌운 북은 아침저녁으로 축생을 제도한다.

네 개의 악기가 어우러진 사물놀이는 빠른 박자일수록 신명이 난다. 꽹과리는 천둥소리, 징은 바람 소리, 장구는 빗소리, 북은 구름이 움직이는 소리다. 쇠로 된 꽹과리와 징의 높고 날카로운 소리, 짐승의 가죽으로 만든 북과 장구의 낮고 부드러운 소리, 길게 울리는 소리와 짧게 끊어지는 소리의 어울림이다.

김덕수의 사물놀이는 세계인의 공통어가 되어 세계 순회공연에서 큰 인기를 얻고 있으며, 서양악기와도 잘 어우러져 영역을 넓히고 있다.

북은 응어리지고 막혔던 가슴을 풀어내는 도구로도 쓰였다. 태종의 맏아들인 세자 양녕대군은 사냥을 좋아하고 자유분방하였다. 태종이 세자를 폐하려는 기미를 보이자, 둘째 아들인 효령대군은 왕위가 자신에게 올 것이라 짐작하고 사저에 들어앉아 몸가짐을 각별히 조심하며 글공부를 열심히 하고 있었다.

어느 늦은 밤 효령의 사저에 든 양녕대군은 '어리석다.' '아버지의 마음이 이미 충녕에게 있음을 모르냐' 책상을 발로 차며 호통치자 효령은 그 길로 뛰쳐나가 절에 가서 날이 밝도록 북을 쳐 북 가죽이 늘어났다고 해 뒷북을 친다는 말은 이때 생겨났다 한다.

군살 없는 근육질에서 뿜어 나오는 힘이 북을 울리고 그 소리는 천여 명의 관중을 휘어잡고도 남는다. 좌우 북을 번갈아 두드리는 절도 있는 몸동작과 일사분란 한 움직임이 숨을 멎게 한다. 타악기인 북에 관심을 두지 않았는데 박진감 넘치는 동작과 울림이 정말 멋지다.

둥 둥 두두두… 내 몸을 어루만진다.

봉황을 먹었다

    대학 정문 앞은 모두 원룸이고, 우리 집이 있는 골목 끝의 네 집만 이층주택이다. 아이들이 집을 옮기라고 성화를 대도 불편함이 없고 마당이 있다는 이유로 37년 동안 골목 안에서 살고 있다.

    앞집 일층에는 노부부가 세를 들어 사신다. 처음에는 손자 두 명의 교육을 위해 시골에서 이사 오셨는데 아이들은 졸업 후 서울로 갔다. 평생 농사일을 하신 분이라 남의 땅을 빌려 여러 가지 채소를 가꾸어 자급자족을 하신다.

    등이 굽고 관절이 아파 절뚝이면서도 농사를 짓고 농번기에는 닭갈비집에 가서 불판 닦는 일을 하신다. "힘들지 않으세요." "힘 안 들이고 남의 돈을 어떻게 먹어요." 주방 뒤쪽에 앉아 허드렛일을 하지만 늙은이를 써 주는 것만도 감사하다며 활짝 웃으신다.

    "애들도 자식 공부시키고 집장만 하려면 힘들 텐데 보태주지는 못할망정 생활비를 타 쓸 수는 없잖아" "내 손을 움직여 벌어 쓰니 몸은 고돼도 맘이 편해요." 늙은 몸 여기저기 아픈 곳이 많지만 일을 해야 덜 아프다며 돈이 될 만한 일은 가리지 않고 억척스럽게 하신다.

해가 잘 들지 않는 추녀 밑에서 늘 무엇인가를 말리신다. 산나물이나 약초를 말리고, 호박, 가지, 무말랭이, 무시래기…… 촌에 가면 먹을 것 천지며, 말리면 다 돈이 되는데 버리는 것이 아깝다고 이웃이 버리는 푸성귀까지 배낭 가득 지고 오신다.

풍물장날이면 재배한 채소와 갈무리해두었던 것들을 올망졸망 담아 배낭 가득 메고 나가 좌판을 벌이신다. 부지런하신 모습을 뵐 때마다 고개가 절로 숙여진다.

고추 모를 100대 심으셨다며 익은 고추를 따오셨는데 해가 들지 않는 집이라 고생을 하신다. 하루 종일 해가 드는 우리 옥상에서 말리시라 했더니 무릎이 안 좋아 계단을 오를 수 없다 하신다.

우리 부모님도 평생 농사를 짓고 방앗간 일을 하며 휘어진 다리와 굽은 등으로 자식들 뒷바라지를 하셨다. 그때는 철이 없어 밤새 앓는 소리가 듣기 싫어 귀를 막고 진저리를 쳤다. 밤마다 앓는 소리를 내면서도 일을 하는 것은 미련하기 때문이라 생각을 했다. 우리 부모도 그분들과 같은 모습으로 돈을 모으고 자식들 공부를 시키셨을 텐데 사는 데만 급급해 일손을 거든 적이 없다는 생각이 들어 자꾸 눈길이 간다.

미래의 내 모습을 보는 것 같기도 해서 고추를 얼른 들어다 옥상에 널었다. 우리 집 옥상에는 두 집 고추가 가득하여 일기 예보에 신경을 쓰면서 누군가는 집을 지키고 있어야 한다. 나는 외출이 잦으니 남편이 주로 비설거지를 하는데 남의 고추까지 말리자니 곱지 않은 시선이다.

고추 농사는 가꾸고 따기도 힘들지만 말리는 것이 더 힘들다. 윤나게 말려 드렸더니 보름 쯤 할 고생을 덜었다며 무척 고마워하신다. 비가 자주 와서 물컹거리는 고추를 그냥 두었다면 썩어 버렸을 텐데 바삭바삭하게 마른 고추를 보니 내 것인 양 뿌듯하다.

찜통더위에 창문이 닫혀 있어 궁금했는데 딸이 와서 할아버지를 모시고 병원을 다녀오는 길이라 하셨다. 저녁밥을 짓는데 닭 한 마리를 들고 오셨다. 이층까지 난간을 잡고도 두 번쯤은 쉬어가며 오셨을 게다. 아픈 아버지 드시고 기운 차리시라 딸이 사 온 닭일 텐데…

고추를 말려드린 것이 고마워 들고 오셨나 보다. "딸이 사 왔어. 푹 삶아 아저씨 드리세요." 고기를 사다 드실 분도 아니고, 딸이 사 온 닭마저 들고 오신 맘을 알기에 가슴이 찡하다.

덥다고 국 끓이는 것도 피했는데 닭 삶는 냄새가 구수하다. 이건 슈퍼에서 파는 닭이 아니고 봉황이란 생각이 들었다.

국물 한 숟가락 남기지 않고 봉황을 통째 먹었으니 가장 덥다는 올여름을 무난히 날 것만 같다. 천국에 계신 엄마가 환하게 웃고 계시다.

내 안의 감옥

○○아이들과 함께 2박 3일 동안 '행복공장'을 다녀왔다. 부모님과 함께 지내며 가슴에 쌓인 감정을 풀어내어 용서하고 보듬는 시간이며, 새로운 출발을 약속하는 장소다.

부모님이 못 오시는 아이들의 부모 역할이 주어졌다. 일정표대로 같이 시간을 보냈지만 혈육의 관계도 아니요, 서로가 속 깊게 통하는 것도 없으니 과연 아이의 마음을 열 수 있을까 걱정이 앞섰다.

소중한 인연이다. 처음에는 어색했지만 같이 율동을 하고 게임을 하면서 가까워졌다. 우리 아들도 그만했을 때는 억장이 무너진다 할 만큼 힘들게 했다. 지금은 기억조차 희미한데 그때는 공부와 여자 친구 문제로 목숨을 걸 만큼 절박했었다. 아들이 그만했던 때를 생각하며 이해하려고 노력을 하니 한결 가깝게 느껴졌다.

'행복공장'은 산속에 있다. 지녔던 소지품을 모두 맡기고 간편복으로 똑같이 갈아입고 생활을 한다. 제한된 공간에서는 눈을 맞추지 못하고 어깨를 펴지 못하던 아이들이 족구를 하고 게임을 하면서 차츰 생기가 돌고 억눌려 있던 끼를 발산하는 동안 가슴이 펴졌다.

차례대로 가장 행복했던 순간을 발표하면서 행복바이러스가 퍼지는 것을 느낄 수 있었다. 내 짝은 아주 어렸을 때 부모가 이혼하여 아버지를 거의 만나지 못하고 직장생활을 하는 어머니 손에 자랐기 때문에 늘 외로웠단다. 아침마다 챙겨주는 사람이 없으니 지각을 하여 혼이 났고, 숙제를 안 해 왔다고 벌을 받으니 학교 가기가 싫었단다.

고1 때 경찰서 문을 나서던 날, 뜻밖에도 부모님 두 분이 오셨고 처음으로 세 식구가 식당에서 불고기를 시켜 먹었다. 세 사람이 아무 말 없이 밥만 먹고 있었는데 아버지가 밥에 고기를 얹어주시면서 "많이 먹어라" 아버지의 따뜻한 눈과 마주치는 순간 나에게도 아버지가 계시구나 하는 생각에 울컥했단다. 그때가 가장 행복했다며 나는 좋은 아버지가 되겠노라 다짐을 했다.

아이의 가슴에는 할머니의 옛날이야기도 없고, 무섭지만 든든한 아버지의 넓은 가슴도, 간식 챙겨주고 친구와 싸웠을 때 역성들어 주는 어머니도 없었으니 가슴이 메마를 수밖에.

각자가 배정받은 1.7평 방은 요 한 장 펴고 누울 공간이다. 변기와 세면대, 겨우 무릎이 들어갈 정도의 앉은뱅이책상과 노트가 한권 있다. 밖에서 문을 잠그고 아침 종이 울릴 때까지 9시간은 오직 나만의 시간이 주어진다.

누우니 행복했던 순간, 아쉬웠던 순간들이 영화필름처럼 돌아갔다. 이 작은 공간에서 상상의 나래를 펼치니 생각의 폭은 우주만큼 넓어졌다.

나의 완벽함이 스스로 감옥을 만들었다는 것을 깨닫는 순간이었다. 열이 펄펄 끓고 온몸이 쑤셔도 빨래통에 빨래가 있거나 먼지가 보이면 편하게 누워있지 못하는 성격이다. 횡단보도를 건너기 위해서 혼자만 돌아갔고, 규칙을 안 지키는 사람이 있으면 불편해했다. 공짜로 주는 물건과 내 것이 아니면 욕심을 내지 않았다. 깍두기 한쪽을 썰어도 자로 잰 듯 반듯해야 하니 본인은 물론 옆에 있던 사람이 얼마나 피곤하겠나.

돌을 자꾸 굴리면 둥글어지듯이 급한 성격을 누그러트리려 해도 타고난 성격은 어쩔 수 없다며 포기하려 했다.

사람의 성격은 각자의 얼굴 모양만큼 다르다. 모든 것을 자신의 잣대로 재기 때문에 좋고 나쁨이 있고, 서로의 계산 방법이 다르기 때문에 손해를 본 것 같은 생각이 들며, 나의 틀에 맞추려하기 때문에 불협화음이 생긴다.

상대방의 좋은 점으로 나의 부족함을 채우고 상대방의 입장에서 3번쯤 생각하라. 내가 보는 것, 아는 것, 잘하는 것… 모든 것을 나에게 맞추지 말고 내 안의 감옥에서 벗어나자. 내가 하고 싶은 일과 잘 할 수 있는 일이 조화를 이룰 때 삶의 질이 높아진다.

처음에는 감옥에 갇힌 것 같이 답답하더니 시간이 지나자 신경 쓸 일이 없고 좁은 공간은 오히려 아늑하고 편하기까지 했다. 스스로 족쇄에서 벗어나 자유를 얻으니 오만가지 생각을 잠재우고 스르르 잠이 들었다. 신토불이 유기농으로 꾸민 식단과 자연친화적인 공간에서 생활해서인지 하룻밤 사이에 몸이 가볍고 머리가 맑아졌다.

　새벽에 음악 소리에 맞추어 108배를 했다. 처음에는 고개를 숙이고 엎드릴 때마다 무릎과 팔의 관절에서 "우두둑 뚝 뚝" 소리가 났는데 108배를 끝내니 관절이 부드러워지고 등을 타고 촉촉이 흐르는 땀이 오히려 상쾌했다. 아침 햇살을 받아 윤기 흐르는 어린잎, 맑은 새들의 지저귐……. 감사할 일이 줄줄이 나온다.

　2박 3일의 일정이 빠르게 지나갔다. 아이의 마음이 얼마만큼 열렸는지 모르지만 얼굴 표정이 밝아졌다. 상대방의 이야기를 들어주는 프로를 통해 남의 말을 귀담아 들어주기가 얼마나 힘들며 수양이 되는지도 느낄 수 있었다.
　아이의 말에 귀를 기울이기보다 먼저 잔소리를 하거나 꾸짖기만 했다는 엄마들은 눈물을 펑펑 쏟고 있었다. 때로는 눈물이 자신을 정화시킨다. 한참 어리다고만 생각했던 아들이 어른스러워졌다고, 아이의 말을 긍정적으로 받아들이고 존중해 주겠다고 하였다.
　아이들은 100세 시대에 이제 5분의 1이 지난 시간이다. '어떤 이유든 꿈을 포기하지 말자' 내 노력에 따라 피어날 행복한 미래가 있다. '행복' 씨앗을 가슴에 묻고 돌아가는 우리를 나뭇잎 사이로 쏟아지는 햇살이 응원해주고 있었다.

아주 쉬운 뺄셈법

5—3=2. 아주 쉬운 뺄셈이다. 상대방의 입장에서 세 번만 생각하면 오해가 풀리고 이해가 된다는 셈법이다. 상대방을 배려하지 않으면 자기중심적인 사고에 빠져 불협화음이 생기기 쉽다.

모임에 갔더니 휴게소 쓰레기통에 버려진 음식물이 화제에 올랐다. 귀성인파가 많은 명절 연휴 때 누군가가 음식물을 휴게소 쓰레기통에 버린 것이 문제가 된 모양이다.

나이가 지긋한 분들이라 어떻게 시어머니가 싸준 음식을 쓰레기통에 버릴 수 있냐며 시어머니의 대변자가 되어 흥분하고 있었다. 싫으면 싫다고 분명히 밝히고 받지 말아야 한다는 의견과 어른이 주시는데 어떻게 거절하겠냐는 말로 나누어졌다.

집집마다 식성이 다르니 선뜻 남에게 음식을 싸주는 일이 쉽지 않은데 자식에게만은 하나라도 더 주고 싶은 마음에 망설이지 않고 이것저것을 싸 주셨을 게다.

나도 그런 짓을 한 적이 있어, "전. 후 사정을 들어보면 버릴 수밖에 없었던 사정이 있겠지". 말이 채 끝나기도 전에 사정은 무슨 사정이냐며 집중 화살이 내게로 쏟아졌다.

까맣게 잊은 줄 알았는데 가슴속에 남아 있던 앙금이 떠오르고 있었다. 벌써 30년도 더 지난 이야기지만 아버지 생신에 어린아이들 손을 잡고 갔다. 파주는 거리상으로는 그리 멀지 않지만 서울로 돌아가야 하는 곳으로 교통 사정이 별로 좋지 않다. 친정에 가려면 지하철을 두 번 갈아타는 것까지 포함해 최소한 차를 다섯 번이나 갈아탄다. 지하철을 오르내리며 바꿔 타고 기다리다 보면 지쳐버린다.

친정은 큰길가에 있는 방앗간이라 오며 가며 쉬어가는 손님이 많아 아버지 생신은 늘 북적였다. 그날도 시월 초라고는 하지만 기온이 높아 행사가 끝나고 나니 떡이 살짝 쉰내를 풍기는 것 같았다.

농부의 손이 88번 간다는 논리로 떨어진 밥풀 하나라도 주워 먹어야 하고 음식을 버리면 죄 받는다고 쉰밥도 물에 휑궈 드시던 어머니가 아니던가! 팥을 털어내고 쪄서 먹으면 아무 탈이 없다며 부득부득 떡까지 싸주셨다.

짐을 든 채 아이들을 데리고 차를 번갈아 갈아타는 일이 힘들어 이 것저것 챙겨주시는 어머니가 고맙지만은 않을 때가 있다. 채소와 잡곡이 밭에 지천인데 비싼 값 주고 사 먹는 딸에게 한 줌이라도 더 싸주고 싶은 어머니의 마음을 알기에 "네. 네" 대답을 하며 들고 나섰다.

일꾼이 자전거로 실어다 시외버스에 얹어주었는데 그다음부터 지하

철 계단을 오르내리는 것이 문제였다.

시간이 지날수록 짐이 점점 더 무거워져 원수 같았다. 보따리 무게를 돈으로 환산해보며 어머니를 원망하였다. 아이들은 팥떡을 별로 좋아하지 않는데 그것도 맛이 가려고 하니 애들에게 먹일 수도 없고 내 차지로 남게 된다. 뒤통수가 따갑지만 눈 딱 감고 화장실에 갔다 나오며 슬쩍 버리고 말았다.

휴게실 쓰레기통에 음식을 버린 행위가 조금은 이해가 간다. 다른 환경에서 자랐으니 식성이 맞지 않을 수도 있다. 요즘 젊은이들은 식사량이 적으며 선호도가 다르고 입맛이 까다롭다. 새로운 음식을 선호하고, 양보다는 질을 따지고, 정성보다는 금전적인 계산이 앞선다. 예전 같이 들고 다니지도 않는다. 결국은 냉장고에서 여러 날 보내다가 버려질 것이다.

상대방이 꼭 필요한 것이라면 하찮은 물건이라도 고맙고 요긴하게 쓰지만, 내게 필요하지 않으면 값진 물건이라도 활용가치가 떨어져 뒤채이다 결국은 버려지게 된다.

옆집 새댁은 김장철마다 경상도에 계신 시어머니가 택배로 보내주신 김치를 받고 울상을 짓는다. 시골배추는 속이 덜 차서 질기며 어른들 입맛대로 맵고 짜기까지 하니 찌개를 끓여도 맛이 없어 냉장고 자리만 차지하다 여름이 지나면 반쯤은 버려진단다.

나도 음식 접시가 바닥을 보이면 부족한 것 같아 마음이 편치 않고 딸과 며느리에게 싸 줄 것까지 생각하여 넉넉하게 준비를 한다. 굶주리고 산 세대도 아닌데 늘 음식이 먹고 남아야 마음이 놓이는 나를 보고 딸은 손이 크다고 불평을 한다. 결국 남은 음식은 냉장고에 두고 물리도록 혼자 먹으며 후회를 하지만 아직 그 버릇을 못 고치고 있다.

자식한테만은 한 가지라도 더 챙겨주고 싶고, 좋은 것만 봐도 주고 싶은 부모 맘은 아무리 세월이 가도 변치 않는다. 내가 만든 음식을 잘 먹는 것만 봐도 기쁘다. 음식을 쓰레기통에 버렸다는 말이 떠올라 "입맛에 맞으면 가져가라" 아주 쉬운 뺄셈을 며느리와 하고 있다.

장미꽃 문신이 참 곱다

문신하면 조폭이 먼저 떠오른다. 수갑을 차고 붙잡혀 가는 조폭들의 몸에는 용 문신이 넓게 그려져 있어 섬뜩하다.

문신은 고대 이집트 미라에서 처음 발견된 후 지금까지 4,000년 이상 전 세계에서 공통으로 이어오고 있다. 아프리카 어느 부족은 빗같이 생긴 도구로 다리를 긁어 상처를 낸 후 나무뿌리나 열매에서 얻은 붉거나 푸른색소를 문질러 스며들게 하고 있었다. 얼마나 아플까? 보는 사람은 얼굴이 찡그려 지는데 그들은 성인 의식으로 자랑스럽게 생각하고 있는지 고통을 아름다움으로 승화시키고 있었다.

문신은 질병이나 재앙으로부터 몸을 보호해 준다는 신앙, 문양에 따라 계급이 정해진다니 계급과 권위를 상징하고, 신분이나 소속을 나타내기도 하며, 아름답게 보이기 위해 장식품을 대신한 문신까지 예술의 한 부분으로 받아들여지고 있다.

부병자자(赴兵刺字)란 말이 있다. 전쟁에 나갈 때 몸에 가족이 알아볼 수 있는 글자를 새기고 나간다는 뜻이다. 죽어서라도 고향의 가족 품으로 돌아와 선산에 묻히고 싶다는 소망이 담겨 있다.

친척 아저씨는 철없던 시절 첫사랑 여인에게 보여주기 위해 팔에 사랑의 표시인 큐피트의 화살이 꽂힌 하트를 새겼다. 먹물을 묻힌 실을 바늘에 꿰어 살갗을 살살 떠서 문신을 새겼는데 지워지지 않는다 하였다. 살갗이 조금만 벗겨져도 아프거늘 마취도 안 한 채 바늘을 살갗에 꿰어 넣은 후 당겨서 스며들게 하였다니 생각만 해도 몸이 오그라드는 느낌이다.

문신 때문에 가슴을 쓸어내린 적이 있다. 아들은 고등학생 때 춤에 빠져 있었다. 시험이 코앞에 있어도 춤에 빠져 고등학교 연합체육대회 때는 응원단으로 신바람을 일으키고 있었다.

협박을 해도, 애원을 해도 아들의 귀에는 음악만 들렸나 보다. 늘 콧노래를 흥얼거리며 때때로 거울 앞에 서면 춤의 삼매경에 빠졌다. 어느 날 샤워를 하고 속옷 차림으로 나오는 아들의 어깨와 허벅지에 예쁜 나비 문신이 그려져 있었다. 마침 전신을 용 문신으로 덮은 살인마 신창원이 세상을 들었다 놓던 때다.

문신은 조폭의 일원으로 인식되던 때라 온몸을 소나기가 미친 듯이 몰아쳐 강타한 것 같은 아픔이 왔다. 내 목숨을 걸고라도 문신을 하는 청소년들을 지켜야겠다는 생각으로 어디서 문신을 했냐며 다그쳤다. "에이, 엄마 이거 스티커를 붙이면 돼. 비누로 지우지 않으면 한참 가"

"아빠 보시기 전에 얼른 지워" 가슴을 쓸어내리는데 온몸이 바람 빠진 풍선처럼 쭈그러들었다. 다행히 아들은 문신의 유혹을 스티커로 대신 했다.

매달 만나는 OO학교 애들은 대부분 몸에 문신이 있다. 여름에도 긴 팔과 깃을 세운 옷을 입고 있으니 얼마나 덥고 불편할까? 철없을 때 새긴 문신이 지금은 감추고 싶은 상처로 남아있어 얼굴에 그늘이 졌다. 문신을 보는 사람의 곱지 않은 시선도 의식했을 것이다. 감쪽같이 지우기도 힘들 뿐만 아니라 통증도 만만치 않고, 비용도 많이 들어 엄두를 못 낸다고 한다.

한 학생의 손등에는 공필화를 보듯 지금 막 수줍게 벌어진 붉은 장미 한 송이가 푸른 잎 뒤에서 환하게 웃고 있다. 여자같이 희고 고운 손에 핀 장미 한 송이! 참 곱다. 문신이라면 알레르기 반응을 보이며 눈썹 문신까지 거부하는 내가 보일락 말락 한 몸 어느 곳에 예쁜 장미 한 송이를 그려 넣으면 흰 피부와 잘 어울릴 거란 상상을 하고 있었다.

지금은 문신에 대한 이미지가 많이 바뀌고 있다. 사랑하는 사람의 이름이나 이니셜, 좋아하는 예술인의 얼굴을 몸에 새겨 넣기도 한다. 문신은 나를 보여줄 수 있는 또 다른 행위다. 문신은 특별한 사람만 한다는 내 생각이 바뀌는 순간이었다. 감추려고만 하지 말고 당당히 드러내고 살아도 되지 않을까?

부지깽이

편하게 손에 잡힌다. 크기가 알맞고 무겁지 않아서 좋다. 막대를 든 순간 부지깽이가 떠올랐다. 도시가스를 쓰기 때문에 아궁이에 불을 때던 세월이 반세기가 지났는데 몸이 먼저 느끼고 아는 체를 한다.

너 댓 평 되는 마당에 고추와 쌈 채소를 심어 자급 자족을 하고 있다. 음식물 찌꺼기를 파묻어 발효를 시키기 때문에 별다른 거름을 하지 않아도 병충해 없이 잘 자란다. 가지가 찢어지게 달린 고추의 지주대로 쓸 막대가 필요하다 했더니 봉의산으로 운동을 갔던 남편이 막대 몇 개를 들고 왔다.

지주대를 세우려고 매끈한 막대를 쥔 순간 손에 쏙 들어와 부지깽이로 쓰면 좋겠다는 생각이 떠올랐다. 부지깽이라고 하찮게 보면 안 된다. 소나무 부지깽이는 제 몸이 너무 빨리 타버리고, 참나무 부지깽이는 단단해서 좋으나 무거워서 다루기 힘들며, 죽은 나무는 힘없이 빨리 타버리기 때문에 싱싱한 나뭇가지를 말려서 쓴다. 너무 굵거나 가늘어도 안 되고, 길면 다루기 힘들고 짧으면 손이 뜨거워 사용할 수 없다. 자신의 허리 높이쯤 되는 것이 알맞다.

친정집은 평야지대라 사계절 거의 볏짚을 땔감으로 썼다. 볏짚은 불이 붙기는 쉬우나 끈기가 없어 부지런히 넣어 주어야 한다. 차곡차곡 쌓인 볏짚을 풀어 한 줌씩 쥐고 왼손으로 흔들어 펴면서 오른손에 든 부지깽이로 공기가 잘 통하게 슬쩍 들어 주어야 한다. 재가 볏짚 모양대로 소복이 쌓이기 때문에 가끔 부지깽이로 꼭꼭 눌러가며 다독여 준다. 빨갛게 불꽃이 피는 부지깽이를 얼른 설거지통에 담그면 "푸지 직~" 소리가 나고 한동안은 신경 쓰지 않아도 제 일을 잘한다.

아궁이에 불을 붙일 때는 부지깽이부터 옆에 놓아야 다급하게 찾는 일이 없다. 고래에 깊이 들어간 불꽃은 긁어내고 치마폭으로 달려드는 불꽃은 아궁이로 밀어 넣기도 한다. 가끔가다 볏짚에 붙어 있던 나락이 구수한 냄새를 풍기며 팝콘처럼 튀어 오르면 얼른 밀어내 준다. 벽에 기대 있다가 곡식을 널어놓은 멍석에 닭이 들어가면 부지깽이가 쫓고, 강아지가 말썽을 일으켜도 부지깽이가 앞서며, 말 안 듣고 싸움질하는 애들 심판도 어머니 손에 들려 있던 부지깽이가 위력을 발휘한다.

제 몸을 태우다 짧아진 부지깽이는 임무를 넘겨주고 아궁이 속으로 던져져 불꽃으로 산화한다.

늘 부엌을 지키며 소임을 다 한 후 불꽃으로 사라지는 부지깽이는 여인들과 닮았다. 나라의 힘이 약하면 여자들이 고생한다. 어린 딸들이 오랑캐한테 공녀로 보내져 수모를 당하다 돌아와도 따뜻하게 맞아주기는커녕 화냥년이라고 손가락질을 했다. 각 지방마다 강을 하나씩 정해주고 이 강물에 몸과 마음을 깨끗이 씻으면 회절한 것으로 인정한다는 왕의 명령도 소용없었다.

위안부로 끌려갔던 소녀들이 백발이 된 노구를 이끌고 진정한 사과를 받기 위해 일본대사관 앞에서 수요 집회를 이어가고 있다. 6.25전쟁 후 미군부대 근방에는 궁핍한 가정을 돕고 동생들 공부를 시키기 위해 집을 나온 양색시가 있었다. 누이들 덕에 궁핍한 생활을 면하고 공부를 했지만 고마움보다는 손가락질을 하며 상처를 쑤셔 정신적, 육체적 후유증에 시달려야만 했다. 그게 어디 여자들만의 잘못이었는가!

남존여비의 사상이 뿌리 깊은 세대에 태어 난 여인들은 층층시하에서 당초보다 맵다는 시집살이도 힘들다는 내색 한번 못했고, 자신의 밥그릇이 비어도, 나물죽을 쑤어 먹으면서도 참는 것이 미덕인 양 살았다. 어머니는 자식을 하느님같이 사랑하기 때문에 아파서도 안 되는 존재였다. 아궁이 속에 던져지는 부지깽이처럼 아예 자신의 존재를 잊고 살았다.

부지깽이가 소임을 저버리고 부엌을 떠나면 부지깽이로서의 가치를 잃는다. 부지깽이가 부엌을 지키듯 엄마는 가정을 지키고 자식을 지켜야 한다. 세상 사람들 모두 손가락질을 해도 엄마는 천륜을 지키고 자식을 보듬어야 한다. 늘 주어진 자리에서 묵묵히 소임을 하는 부지깽이 같은 사람이어야 한다.

고추포기마다 지주를 세우고 묶어주는데 등허리가 아궁이 앞에 앉은 것처럼 따뜻하다. 훨훨 타는 아궁이가 그립다.

손에 쏙 들어오는 부지깽이의 정이 그립다.

차가버섯 차를 마실 때마다 기도한다

나는 특정 종교인이 아니다. 하지만 차가버섯을 따기 위해 얼마나 고생을 했는지 알고 있기 때문에 버섯 차를 마실 때마다 절대자에게 기도하지 않으면 가슴이 꽉 막혀 한 모금도 삼킬 수 없다.

차가버섯이란 이름과 효능도 아들을 통해서 처음 들었다. "○○가 산에 가서 따온 것이니까 저녁마다 한 잔씩 마시고 주무셔요."하며 아들이 진한 갈색의 차가버섯 가루를 내밀었다.

'신이 내린 버섯'이란 차가버섯은 아주 추운 지방 자작나무에서 자라기 때문에 우리나라에서는 강원도 깊은 산에서 나며 시중에서 유통되는 버섯은 대부분 러시아산이란다. 버섯의 포자가 20~40년이란 긴 세월동안 나무의 수액을 먹으며 자라고 수액을 빼앗긴 나무는 차츰 고사되니 아주 귀한 버섯이다.

귀한 만큼 약효가 뛰어나다. 신진대사를 활발하게 하여 몸속의 독소를 배출하고 면역력을 강화시켜 주며 수용성 물질인 이노시톨 성분은 혈당을 조절해 준다.

아들 친구 ○○는 딸을 여섯이나 낳고 늦게 얻은 아들인데 부모님이 일찍 돌아가셨다. 여자 틈에 자라서인지 섬세하여 전통조리학과를 졸업하자마자 월세가 싼 변두리에 식당을 열었다. 일찍 결혼하여 두 내외가 서빙을 하고 조리를 하며 자리를 잡았다. 인건비 지출이 없으니 가격에 비해 음식이 맛있다는 소문이 돌자 손님이 많아졌다. 몇 년 지나자 주인 아들이 가게를 맡겠다고 하여 쫓겨났다.

넉넉지 않으니 실의에 빠져 헤매다가 횡성 변두리에 자리를 잡았는데 텃세가 심해 설거지 한 물이 계곡으로 흘러들어 오염된다고 고발을 하고, 위생 불량이라고 고발을 하여 영업정지를 여러 번 당하자 먼 친척이 있는 삼척으로 갔다. 삼척도 텃세가 심한데 변두리에 있으니 횟집은 겨우내 텅텅 빈다.

손님이 없는 겨울철에는 산 사람들을 따라다니며 약초를 캐고 버섯을 따며 생계를 이으려 노력을 한다. 워낙 깊은 산이라 비닐로 3겹의 천막을 치고 낙엽을 모야 낙엽이불을 덮고 얼음을 녹여 미숫가루를 타서 마시거나 밥을 지어 먹으며 한달씩 머문다. 겨울에는 나무 위에서 자라는 버섯이 잘 보이고 부패 없이 말릴 수 있어 수입이 더 좋은데 문제는 지독한 추위를 견디는 일이다. 호랑이같이 큰 육식동물이 없고 바위와 경사가 급한 곳에는 멧돼지가 없으며 산 사람들은 서로 무전기로 연락을 주고받으며 의지를 한다지만 불안하다.

얼마 전에는 40년쯤 되는 산삼을 캤으니 저녁은 쌀죽을 조금 먹고 기다리란 전화를 받았다. 산삼을 캐는 즉시 주위의 환경과 캔 삼산, 흙까지 핸드폰으로 찍어서 올리면, 토양이나 고도 등 산삼이 자랄 환경인지, 삼밭이나 장뇌삼을 심은 곳과 얼마나 떨어져 있는지, 과거에도 근처에서 산삼을 캔 적이 있는지 등을 종합하여 답이 오고 값이 매겨지면 전국에 퍼져있는 산삼수집상들이 득달같이 달려온다고 한다.

처음 산삼을 접한 ○○는 경험이 없어 실뿌리에 상처를 입거나 끊어진 곳이 여러 곳 나왔단다. 돋보기로 보니 끊어진 곳으로 수분과 약효가 증발하고 진액이 나와 굳어있어 상처가 있는 산삼은 헐값이란다. 턱없이 후려친 가격에 오기가 생겨 안 팔았으니 오늘 중으로 드시라며 밤중에 달려왔다. 부모처럼 챙겨주고 의지하니 고맙다.

○○는 오랫동안 소식이 없더니 차가버섯을 먹기 좋게 분말을 내서 밀봉해 보내왔다. 얼마나 추웠으면 귀가 얼었고 새끼손가락도 한개 잃었다. 우리 자식은 아니지만 정을 나누고 의지를 하니 내 혈육처럼 마음이 쓰인다. 구운 삼겹살과 집밥이 먹고 싶었을 텐데 상처를 보고 가슴 아파할까 봐 집 근처에서 버섯차만 주고 돌아갔나 보다. 냉장고에 있는 재료를 털어 든든히 먹여 보내고 상처가 얼마나 큰지 눈으로 확인해야 마음이 가벼워진다는 것을 모르는 철부지다.

물 끓는 소리가 골을 타고 내리는 바람 소리 같아 창문을 열어 본다. 높은 바위나 나무를 오를 때 밑을 보면 어지럽고 두려워 위만 보며 오른다 했지. 가족과 떨어진 외로움을 이겨내고, 풍설에 취해 비틀거리기는 해도 세상과 인연을 끊으니 마음은 편하다고 했지. 너무 욕심을 부리지 말고 신이 허락한 만큼만 취해라. 건강한 몸으로 살아 있어야 내일이 있단다. 네 식구의 가장이니 부디 몸조심하여라. 찻잔에 부은 뜨거운 물이 식는 동안 나는 절대자에게 기도를 드린다.

스테이케이션(staycation)

스테이케이션은 머무르다(stay)와 휴가(vacation)의 합성어다. 휴가를 간다는 것은 어디론가 떠나야 하는 것으로 인식되어 여름 휴가철만 되면 도시는 텅텅 비고 도로는 정체된다. 휴가를 분산하지 못하고 여름방학 때 몰리기 때문에 개학과 동시에 해수욕장은 폐허처럼 된다.

현장체험학습계획서를 내면 결석으로 처리되지 않지만 오랜 습관으로 아이들의 방학 때에 맞추어 온 가족이 함께 여름휴가를 보내기 때문이다. 그림일기를 쓰거나 개학을 하면 방학 동안에 있었던 일을 발표하고 친구들과의 대화를 위해서 아이들의 눈높이에 맞추어 휴가를 떠난다.

차츰 휴가의 패턴이 바뀌고 있다. 텐트와 며칠 동안 생활할 물품들을 짊어지고 피난을 가듯 떠나는 여행에서 펜션이 해결해 주더니 이제는 그것마저도 불편해한다.

스테이케이션은 불편한 것을 참지 못하며 남을 의식하지 않고 많은 인파가 몰리는 복잡한 곳을 피해 조용히 쉬고 싶은 현대인의 마음을 대변하는 형태다. 돈과 시간을 들여 떠나는 대신에 집에서 다양한 취미 생활을 즐긴다는 뜻으로 아무것도 하지 않고 종일 집에만 박혀 있는 것과는 다르다.

집이 자산의 가치를 가늠하거나 잠을 자고 살림을 하는 공간에서 벗어나 나를 위한 휴식공간으로 변하고 있다. 내 마음에 들게 꾸민 공간에서 음식을 만들고, 명상을 하고, 운동을 하고, 유튜브에 올라온 영상을 보며 혼자 만족감을 얻는다.

인스타그램에서 '#냉동'이 들어간 해시태그를 검색하면 만개가 넘는 냉동 요리가 나오니 그것을 참고해 '나만의 요리'를 만들어 페이스북에 올리며 끼니를 해결한다.

가상공간에서 애완동물을 키우고 식물도 키우며 무엇이든지 자신이 원하는 것을 하며 전혀 불편함을 못 느끼고 동화되고 있다.

TV 속 채널은 또 좀 많은가! 스포츠를 즐길 수 있고, 영화를 보고, 여행가들을 통해 세계를 속속들이 보며 필요한 정보와 지식을 얻을 수 있다. 여행에 따른 스트레스를 줄이고 시간과 돈을 절약할 수 있다. 로봇이 최대한 빠른 시간에 사람의 일을 대신해주고 3D프린터로 새 제품을 만들 수 있고 드론으로 배달도 가능하다고 하니 큰 사무실이 필요하지 않다. 일인 가정이 늘어 혼자 생활하는 것에 익숙해지니 사람과의 관계가 단절되어도 전혀 불편함을 못 느낀다.

스테이케이션을 즐기려면 암기 위주의 주입식 교육보다는 창의적인 생각을 하고 토론을 하고 실험을 해서 결과를 축적하는 지혜가 필요하다.

20년 동안 배워 평생 먹고사는 시대는 끝나고 죽을 때까지 자기계발을 해야 하는 시대에 살고 있으니 생활의 방식이 바뀌어야 한다. 한 우물만 파기보다는 이것저것 경험을 통해 자신의 적성에 맞는 직업을 찾아 즐기면서 일하고 돈도 버는 것이 좋다.

예전에는 스포츠선수들이 가난을 벗어나기 위해 극한 상황에서도 묵묵히 연습해서 기량을 높였기 때문에 한계가 있었지만 지금은 과학이 뒷받침하고 선수 자신이 즐겨야 좋은 성적을 거둘 수 있다. 모든 분야에 국경이 사라져 마음에 맞는 사람과 같이 연구를 하고 토론을 통해 자료를 공유할 수 있다.

알베르 카뮈는 "행복하려면 사람을 지나치게 의식하지 말라." 했다. 한국 사람은 자기 눈에 보이는 세상을 중요하게 생각하지 않고 남을 너무 의식한다. 스테이케이션에서 좋은 아이디어가 나와 창업으로 이어지기도 한다니 부럽기도 하고 기대도 된다. 충전하러 갔다가 방전되어 돌아오는 휴가는 더 이상 필요 없다.

송홧가루 날리는 태기산

횡성은 강이 동서로 흐른다. 가로로(橫) 물이 흐르는 곳, 횡천이라 부르던 것을 이웃의 홍천과 비슷하다 하여 조선 태종 때부터 횡성이라 부르게 되었다.

횡성에 있는 태기산에서 진한의 마지막 왕 태기왕이 산성을 쌓고 신라 세력에 대항을 하였다고 전한다. 철의 생산량이 많지 않던 초기철기시대에 철로 만든 무기와 철제농기구는 생산성을 높여주어 철을 많이 보유한 국가가 전쟁에서 승리를 거둘 수 있었다.

박혁거세 세력은 항거하는 진한의 세력을 남한강 지류인 섬강을 따라 태기산으로 몰아낸 후 경주의 금성에서 사로국 건설의 전환기를 마련하였을 것이다.

횡성에는 태기왕이 북방 방어를 위하여 병사를 모아 방비하던 병지방리(兵之坊里). 병사들이 산에서 무술을 연마하던 병무산(兵舞山). 군사들이 먹을 소금을 저장하던 어염골, 재기의 힘을 키우기 위해 훈련을 하면서 병사들의 갑옷을 씻던 갑천 등 여러 곳에서 태기왕과 관련된 지명이 전해 내려온다.

태기왕의 흔적을 찾아 태기산을 오르는 중이다.
"우~웅~ 윙"
풍력발전기가 횡성을 굽어보며 힘차게 은빛날개를 돌리고 있다. 태기왕의 발자취를 찾아 해발 1,000m가 넘는 태기산을 오르고 있는 내 숨소리도 휴~ 훅, 훅 리듬을 탄다.

빈 몸으로 포장이 잘 된 찻길을 오르는 것도 숨이 턱에 차고 심장이 뛰는데, 아주 먼 옛날 태기왕이 신라세력을 피해 첩첩산중에 와서 성을 쌓고 군사들을 훈련을 시키느라 얼마나 힘이 들었을까?

성의 조건은 적이 접근하기 어려운 곳으로 사람과 말이 먹을 만한 물이 있어야 하고 터전이 넓어 비상식량을 확보할 수 있어야 한다. 성은 장기전에 필요한 근거지다. 전쟁 시 주민과 군사들이 성안으로 들어가 문을 굳게 닫고 버티면 적은 무기와 식량의 조달이 어렵고 기후의 변화로 스스로 물러갔다.

초기 철기 시대의 유물 중 무사가 탄 말 뒤쪽에 솥이 붙어 있는 토기가 있는 것을 보면 솥이 무기만큼 중요하였다. 진한의 군사들도 철로 만든 솥을 무기와 같이 가지고 다니며 밭곡식과 야채를 가꾸어 조리해 먹었을 것이다.

나무가 우거진 산에는 사람을 위협할만한 산짐승이 살고 길은 비좁은데 등짐으로 무기와 양식, 조리 기구까지 지고 다녔을 과정을 생각해 보는 것만으로도 숨이 차다.

태기산은 횡성 시가지가 한눈에 내려다보이는 높이로 풍광을 즐기기에는 좋으나 첩첩이 산이라 군사들이 머물기에는 어려움이 많았을 것이다. 열악한 환경에서 군사를 훈련 시키고 성을 지키며 세력을 키우려면 통솔력이 있어야 하지만 지혜로워야 한다.

횡성에는 구전되어 오는 "깍쟁이 설화"가 있다. 지혜롭게 절약을 하면서도 경우가 바른 깍쟁이는 구두쇠와 다르다.

횡성사람과 개성사람이 아주 추운 겨울날, 누가 더 깍쟁이인가 내기를 하였다. 횡성사람은 창호지를 개성상인은 초를 준비하였다. 횡성사람은 추위를 견디기 위해 문에 창호지를 발라 찬 바람을 막으며 하루를 버텼고 개성사람은 촛불을 쬐며 견뎠다.

다음날 개성사람의 초는 타서 없어졌는데 횡성사람은 문에 물을 칠해 문창호지를 떼어내 이겼다는 이야기다. 상대를 이기기 위해서는 힘만 써도 안 되고 지혜를 써야 한다. 횡성사람이 이겼다는 것은 지혜롭다는 뜻이다.

태기산 정상에는 기지국의 철탑이 위용을 자랑하고 있고 산성은 한참을 돌아 내려가야 한다니 걸음을 멈추고 동양화처럼 펼쳐진 마을을 둘러본다.

맑은 하늘과 푸른 숲, 은빛 날개가 조화를 이루며 이천년을 이어온 태기왕의 전설을 들려주고 있다. 노란 송홧가루가 연막탄을 터트린 듯 날린다. 태기왕의 군사들이 훈련하며 일으키는 먼지를 보는듯하여 가슴이 뭉클해졌다.

정은 나눌수록 깊어진다

상큼한 바다 냄새가 입안 가득하다. 새콤달콤한 미역무침이 봄을 부르고 있다. 재래시장에서 공짜로 얻어 온 미역이기에 콧노래가 절로 나온다.

명절 때마다 더덕을 무치고 삼색 나물 중 하나인 도라지나물을 장만한다. 껍질을 벗겨 놓은 것을 사면 일이야 한결 쉽지만 아이들과 나누어 먹으려면 많은 양을 사야 하고 그만큼 부담이 크기 때문에 일일이 껍질을 벗겨서 쓴다.

큰 슈퍼는 야채를 깔끔하게 포장해 놓아 비쌀 뿐만 아니라 바삐 움직이는 사람들 틈에 끼어 나도 덩달아 바빠진다.

재래시장은 오랫동안 거래를 해온 단골이라 인사를 나누고 덤을 주는 정이 있어 사람 사는 냄새가 난다. 이 동네에서 37년째 살고 있기 때문에 외상거래도 가능하고 더울 때는 스스럼없이 물 한잔을 얻어 마실 수 있다. 재래시장에서도 좌판에 꾸부정하게 앉아 계시는 할머니들한테 물건을 사는 편이다. 건물을 소유하고 계시지만 계절 가리지 않고 허름한 차림으로 파라솔 밑에 앉아 계시는 할머니는 존경스럽다.

설 밑이라 풍물시장 구경을 가려고 나섰는데 길이 미끄럽고 바람까지 거세게 불어 가까운 시장에서 더덕과 도라지를 샀다. 검은 비닐 봉투에 더덕을 담으신 할머니는 구부러진 허리를 끌고 편편한 곳에 놓인 저울로 향하신다. "손이 저울인데 그냥 주셔요." 그래도 달아 보아야 한다며 저울에 올려놓았는데 어쩜 바늘이 정확하게 섰다. 언 손이 덤을 주려고 또 구부리시기에 그냥 주셔요. 하며 받아 들었다. "하나라도 더 달라고 안달을 하며 집어 가는가 하면 물건이 나쁘다는 등 트집을 잡는데 아주머니 같은 사람은 처음보네" "먹는 사람이 한 입 덜먹지요." 하니 "복 받고 살겠어." 하시기에 기분이 좋아 "명절 잘 쇠시고 건강하셔요." 인사까지 하고 돌아서 걷는데 "나 좀 봐요." 뒤에서 뛰어 오신다. 돈 계산이 잘못되었나 싶어 어정쩡하게 섰더니 이거 어제 팔다 남은 건데 금방 데치면 먹을 만해." 하시면서 미역 한 묶음을 넣어 주신다.

눈앞에 보이는 이익을 취하기보다는 사람과의 관계를 중요하게 생각하였더니 좋은 결과를 얻었다. 적정 값을 치루고 제 양만큼 받았는데 정가는 말 몇 마디가 오가자 미역이 덤으로 따라왔다. 얼떨결에 받았지만 부담스럽지 않고 100점짜리 시험지를 받아 든 아이처럼 신이 났다.

옆집 주부와 같이 두런두런 이야기를 나누며 풍물시장을 간 적이 있다. 성격이 급한 나는 많은 인파를 비집고 다니는 것이 싫어서 메모장을 보며 물건이 맘에 들면 군말 안 하고 사는데 비해, 그는 일일이 값을 물어보며 시장을 몇 바퀴 돌아본 후 제일 싼 집에서 샀다. 그것도 밑지는 장사가 어디 있냐며 덤을 더 달라고 떼를 쓰며 집어넣으니 옆에서 기다리는 내가 민망했다. 그 후 같이 장에 가자고 하면 성격이 맞지 않고 시간도 많이 걸려서 이런저런 핑계를 대고 혼자 다녀온다.

물건이 좋지 않아도 노점상으로 눈이 가고 깍지 않고 주는 대로 사는 것은 작은 시어머니의 영향이 크다. 작은 시아버지는 소를 키우며 과수 농사를 지으셨다. 소값 파동이 일어 사료값도 못 건지게 되자 작은 시어머니는 한 푼이라도 더 벌기 위해 복숭아를 따서 손수레에 싣고 골목을 누비며 판매를 하셨다.

큰 것을 고르기 위해 뒤적거리면 복숭아가 물러져 팔 수가 없고 더 달라고 집어가고 값을 깎아 달라 하면 눈물이 나올 것 같다 하셨다. 사가는 사람은 한 개지만 하루 종일 장사를 하다 보면 남는 것이 덤으로 다 나간다며 속상해하셨다.

그 후 노점상에서 물건을 살 때는 작은 어머니의 모습이 떠올라 군말을 하지 않는 버릇이 생겼다.

요즘 장사는 안 되는데 까다롭기까지 해 장사하기 힘들다고 한다. 시장에서도 장사를 오래 하는 사람은 그들만의 비결이 있다. 평생을 노점에서 고생하신 할머니가 건물을 소유하실 만큼 재산을 일구셨다면 장사 수완이 뛰어나겠지만 신뢰가 가는 분이다.

할머니한테 사 온 도라지와 더덕은 잔가지가 적고 매끈하여 껍질 벗기기가 쉬웠으며 손질해 놓으니 오붓하다. 집안 가득한 더덕 향은 덤이다. 새해에는 밤송이 같은 성격을 가슴 깊이 쑥 밀어 넣고 손톱으로 꾹 누르면 향기를 발산하고 나누어 먹기 좋은 귤처럼 만나는 사람들에게 향기를 전하며 살아야겠다.

시장을 갈 때마다 무엇을 살까, 할머니의 좌판을 기웃거릴 테지. 푸른 미역은 오랫동안 할머니와 정을 잇는 동아줄이 될 것이다.

샘터에 물 고이듯 끊임없는 어머니의 사랑

고향은 나이 들어 돌아가고 싶은 어머니 품속 같은 곳이다. 가축을 방목하며 가축 떼와 함께 이동 생활을 하는 유목민에게 고향이란 존재는 찾기 힘들다. 유목 생활을 하는 몽골은 세계에서 가장 넓은 땅을 소유했던 나라다. 징기스칸이 몽골 병사를 이끌고 유라시아 전역을 정벌할 수 있었던 것은 무기와 기마술, 뛰어난 리더십뿐만 아니라 고향이 없는 유목민들의 생존방식도 큰 도움이 되었을 것이다.

고향에 묻히기 위하여 죽어서까지 고향을 찾는 농경민과는 달리 유목민들은 조상의 무덤을 돌볼 처지가 못 되니, 저승에서도 편하게 살기를 바라는 마음을 담아 돌무덤과 암각화를 많이 남겼다.

유목민이 사는 시베리아 초원에는 4,000년 전 어머니와 아들이 서로 손을 마주 잡고 부둥켜안은 자세로 묻혀있는 무덤이 있다. 저 세상까지도 자식을 보듬어 안은 어머니의 자식 사랑은 수 천 년이 흘러도 변함이 없음을 보여주고 있다. 어떤 이유로 생을 함께 마감했는지 모르나 그 모습은 오늘날 많은 사람에게 진한 감동을 주고 있다.

우리나라에도 부모의 애틋한 정이 담긴 미라가 발견되어 관심을 끌었다. 단국대학교 박물관에는 1,600년 전에 기생충감염과 폐결핵으로 사망한 해평 윤씨 5세 남자 어린이의 미라가 전시되어 있다. 회곽묘 안에 물이 가득 차 있었다는 증언으로 보아 산소가 차단되었기 때문에 썩지 않았나 보다. 두꺼운 관 안에는 배냇저고리, 소모자, 중 치마, 등 여러 벌의 옷이 채워져 있었고 맨 위에는 소매를 자른 아버지의 두루마기가 덮여 있었다. 입고 있던 아버지의 두루마기가 너무 커서 소매를 떼어낸 후 아이에게 덮어준 것을 보면 아버지의 자식 사랑이 얼마나 애틋했는지 짐작이 간다.

동물도 모성본능은 사람과 다르지 않다. 개를 좋아해 늘 개를 키우는데 새끼를 낳고 키우는 어미의 행동에 깜짝 놀랄 때가 있다. 새끼 4마리 중 무녀리가 죽어있었다. 한겨울이라 땅이 얼었고 어둡기도 해서 밝은 날 묻어 주려고 죽은 새끼를 신문지에 말아 계단 밑에 숨겨 놓았다. 아침에 개밥을 가지고 나가니 죽은 새끼를 물어다 품고 혀로 녹이고 있었다. 먹을 생각도 않고 죽은 새끼만 핥고 있기에 뺏으려 하니 물려고 덤벼들었다.

부모는 자식의 성장을 위하여 먹이고 입히는 것에 그치지 않고 바르게 가르치고 사랑을 주어 바른 사회인으로 키워야 한다. 자식을 많이 낳지 않기 때문인지 요즘은 어머니들의 자식 사랑이 지나쳐 문제가 되기도 한다.

헬리콥터와 같이 자녀의 주위를 맴돌며 온갖 간섭을 하는 헬리콥터 어머니, 자식의 주위를 맴돌지만 부모의 존재를 의식하지 못하게 조용한 드론 같은 어머니, 세상을 안전하게 항해할 수 있도록 신호와 불빛 역할을 하는 등대 어머니, 자식 인생의 걸림돌이 된다고 생각되는 것은 무엇이든지 제거해 주는 제설기 같은 어머니가 있다.

어머니의 과잉보호 아래 성장했으니 살아가면서 좌절과 실수를 통해 참고 배우며 자립심을 키울 기회조차 잃어버려 우여곡절을 이겨 낼 능력이 없다. 어머니 손을 잡고 봉사신청을 하러 온 대학생을 보면 어떻게 직장생활을 하려는지 걱정이 앞선다. 아이의 삶에 모든 것을 어머니가 결정해 줄 수 없지 않은가! 그것은 사랑이 아니라 집착이며 자식을 망치는 일이다.

사랑 애(愛)를 풀어보면 받을 수(受) 가운데 마음심(心)이 들어있다. 상대방의 마음을 받아 드리는 것이 사랑이다. 마음이 들어있는 것을 보면 사랑은 물질보다 마음이 더 중요하다는 것을 의미한다.

이별할 때 미움과 원망을 하는 이성 간의 사랑과 생과 사를 초월할 수 있는 어머니의 사랑은 품격부터 다르다. 어머니의 사랑은 샘터에 물이 고이듯 끝이 없는데 우리는 그 사랑에 보답을 못 하고 있다. 후회는 언제나 지난 다음에 한다.

까만 산타가 준 선물

좁은 골목길에 학생들이 줄을 서서 연탄을 나르고 있다. 장갑을 낀 손은 물론 얼굴과 옷에 검은 칠을 하고 땀을 흘리는 모습이 대견하다.

얼굴의 구멍 수에 따라 구공탄, 십구공탄, 삼십이 공탄으로 부르는 연탄은 일본 큐수 지방의 모지시에서 사용하던 통풍탄이 일제 강점기 때 들어왔다. 길옆에 쌓아 놓은 연탄을 보니 연탄 때문에 울고 웃었던 기억이 새롭다.

서울에서 사 년간 자취 생활을 하였다. 부엌이 비좁아 연탄 두 줄을 쌓아 놓으면 움직일 때마다 등에 검은 칠을 하기 일 수다. 퇴근하고 늦게 들어왔을 때 연탄불이 꺼져 방이 사람 덕을 보겠다고 할 때는 참으로 서러웠다.

그때는 번개탄이 나오기 전이라 석유곤로에 숯을 얹어 불꽃이 일면 연탄에 불을 붙였으니 너무 늦어서 저녁도 굶은 채 이불을 뒤집어쓰고 잠들어야 했다. 주인집에서 불이 붙은 연탄과 바꾸어 주었을 때는 얼마나 고맙던지!

연탄은 한번 갈아 넣고, 불 조절만 잘 하면 반나절 넘게 갈 수 있지만 겨울철에는 자주 갈아야 하는 번거로움이 있다. 이가 딱딱 부딪치는 한밤중에 연탄불을 갈러 일어나야 하고, 장마 때는 습기를 제거하고 기저귀를 말리기 위하여 연탄불을 피워야 하는데 아궁이에 물이 가득 고여 애를 먹은 적도 있었다.

연탄보일러가 보급되면서 주방은 프로판 가스로 바뀌어 편해졌지만 연탄보일러는 하루 동안에 연탄을 여섯 장씩 세 번쯤 갈아야 했다. 연탄재를 버리는 일도 만만치 않아 이삼일만 묵혀두면 지하실이 연탄재로 가득하여 남산만 한 배를 안고 연탄재를 끌어내고 나면 다리가 퉁퉁 부어올랐다.

연탄가스를 마셔 의식을 잃고 죽음의 문턱까지 갔던 기억도 있다. 철원으로 발령을 받고 작은방 한 칸을 얻어 이불 한 채를 덮고 네 식구가 어긋나게 누워 겨울을 난 적이 있다.

가장 추웠다는 그날, 젖은 연탄에서 나온 수증기가 굴뚝에 얼어붙어 굴뚝이 막히고 연탄가스는 방으로 역류를 하여 네 식구가 연탄가스를 맡아 의식을 잃었다.

연탄은 일산화탄소가 나오고 시간에 맞게 갈아 주어야 하는 불편이 있지만 좋은 점도 많다. 값이 저렴하기 때문에 서민들이 겨울을 나는 데 부담이 적고, 연탄불에 뜸을 푹 들인 밥은 감칠맛이 나며, 두꺼비집

위에 고구마나 감자를 얹어 구워 먹고, 곰탕을 끓이기에도 안성맞춤이다.

장날, 한 바가지씩 퍼주는 양미리에 굵은 소금을 뿌린 후 연탄화덕을 끼고 둘러앉아 구워 먹으면 얼마나 구수한가?

밤에 갈아 넣은 연탄불이 새벽녘에는 따끈따끈하게 방을 덥혀 주어 설해 목 부러지는 소리에도 편안하게 잠을 잘 수 있었다.

나무에서 연탄으로 교체되면서 나무를 하던 시간이 절약되고 숲이 우거져 국토는 비옥해졌다. 오늘날 푸른 산이 존재하는 것은 연탄의 공이 가장 크다 하겠다.

대기의 먼지와 중금속의 오염을 줄이려는 국가시책과 편리함 때문에 폐쇄되는 탄광이 있고 연탄의 수요가 점차 줄고 있지만 아직도 가난한 사람은 연탄으로 겨울을 나고 있다.

돈 있는 사람에게는 연탄 한 장 값이 사과 한 개 값만도 못하지만 없는 사람에게는 생명줄만큼이나 값지다. 편안함에 길이 들어져 연탄의 고마움을 잊고 산다.

경제사정이 안 좋을 때는 연탄은행에 기꺼이 성금을 내는 사람이 늘고 좁은 골목길에서 땀을 흘리며 연탄을 나르는 봉사자들의 손길도 늘고 있다는 반가운 소식이 들린다.

무거운 연탄을 나르는 봉사자야말로 진정한 산타클로스가 아니겠는가? 가난한 사람에게 연탄은 가장 큰 선물이다. 사랑의 연탄 나눔을 통해 누군가에게 연탄불처럼 뜨거운 정을 나누어 주고 싶다.

옻나무가 붉은 까닭은

가을 산이 단풍으로 곱다. 정성을 다한 잎의 끝자락이 이처럼 찬란하다. 유난히 눈에 확, 띠는 옻나무는 독으로 자신을 보호하려는 안전장치고 방어술이며 접근하지 말라는 경고표시다.

옻나무를 재배하는 것은 칠의 원료를 채취하는 것이 목적이지만 봄 나물 중에서 옻나무 순이 가장 맛있다며 옻나무 순을 판매하고 축제까지 벌이고 있다.

옻나무의 가운데 순을 따면 곁가지가 나오는데 그것마저 따면 옻나무는 죽기 때문에 가운데 순이 알맞게 크는 단 며칠만 수확이 가능하다고 한다. 옻 순을 데쳐 무치고, 부침을 하고, 한 상 가득 차려 맛있게 먹는 모습을 보니 내 몸이 근질근질해지는 것 같다.

알레르기 피부를 가진 사람은 옻의 독성에 예민하다. 예전에는 집집마다 나무를 땔감으로 썼다. 방앗간이라 식구가 많은 우리 집은 땔감을 대주고 월말이면 쌀을 받아가는 사람이 있었다. 불을 때면서 옻나무를 만진 기억이 없는데도 유독 나만 옻이 올라 피부에 붉은 좁쌀 같은 것이 돋고 가려워 고생하였다. 꼭 피부가 겹치는 부위나 약한 부위에 돋아난다. 그때마다 속이 뒤집힐 만큼 비린내가 진동하는 닭 잡은 물로 씻고 달걀을 발랐던 기억이 있다.

옻의 독성을 닭이 중화시켜 주기 때문에 닭과 함께 고아 먹어 양기를 보충하는데 달걀을 먼저 먹으면 옻이 타지 않는다 한다. 남편은 옻나무를 만져도 괜찮아 여름이면 옻닭을 먹고, 아들도 옻나무 진액을 희석해 병충해 방지를 위한 시약을 만들어도 괜찮다. 나만 특이 체질이다.

가구는 옻칠해야 광택이 나고 품위가 있다. 옻칠의 횟수에 따라 발그스름한 색부터 검은색까지 다양하게 연출을 할 수 있다. 나무로 만든 가구의 단점이 화재나 습기에 약하고 벌레가 쉽게 침입하는데 옻칠을 하면 불, 벌레, 습기를 막아줘 천년의 세월을 버티게 한다.

합성 안료는 습기에 약해 쉽게 벗겨지고 열에도 약해 뜨거운 것이 닿으면 변색이 되는 단점이 있는데 옻칠은 천년이 가도 변색이 없다. 낙랑고분의 칠기는 수천 년 동안 빛을 잃지 않았고, 신라 고분에서 출토된 나무 컵은 붉은색이 선명하고 무늬까지 살아 있어 지금 써도 손색이 없을 만큼 아름답다.

예전에는 가구는 물론 밥상까지 옻칠했기 때문에 가끔 "밥상 칠하셔요." 소리를 지르거나 대문을 두드리며 골목길을 누비고 다니던 사람들이 있었다. 은행나무 그늘에 자리를 펴고 칠이 벗겨지거나 망가진 밥상과 서안, 간단한 탁자 등을 수리하고 페퍼 질을 한 후 옻칠을 하였다. 동네 것을 다 수리하려면 하루해가 지기 때문에 상을 고쳐주고 점심을 얻어먹으며 작업을 했다. 붓이 몇 번 왔다 갔다 하면 새것으로 바뀌는 것이 신기해 근처에서 서성거리면 옷에 묻는다거나 옻 탄다며 쫓으셨다.

옻은 성질이 따뜻해 어혈을 풀어 산후통을 낫게 하며 염증을 없애고 암세포를 죽이며 몸속의 기생충까지 없앤다니 그 쓰임도 다양하다.

옻나무가 붉게 물드는 까닭은 독성 주의보라 하겠지만 온 산을 환하게 꾸미고 싶다는 바람이다. 사람들도 젊었을 때는 에너지 넘치고 자신만만하더니 나이가 들면 소심해진다. 나이가 먹을수록 약해지는 것은 독기가 빠져나가기 때문일 것이다. 찬 이슬이 내리면 옻나무가 붉어지듯이, 내 인생도 한 번쯤은 붉게 물들어 세상을 환하게 밝혀야 하지 않겠는가! 옻나무보다 더 붉게 물들이고 싶다.

나그네인 가시박

노일리 행복공장을 찾아가는 길. 길 양쪽에 초록 눈사람이 도열해 있다. 전기톱으로 다듬은 정원수는 흔하지만 시골 가로수까지 다듬어 놓기란 쉽지 않다. 이발을 막 끝내고 나온 듯 정갈하다. 나무들도 환경에 따라 자연도태 되며 나름대로 커야 자연스런 멋이 있지, 인위적으로 다듬으면 당장은 보기 좋으나 오래 보면 실증이 난다. 그래서 난 손질이 잘 된 정원수나 수없이 많은 꼬마전구가 몸을 감고 있는 나무를 보면 탐탁지 않게 생각한다.

가까이 가서 보니 어린 가로수를 가시박이 동그랗게 감싸고 있다. 북아메리카가 원산지인 가시박 잎은 박 잎을 닮았다. 두 장의 잎이 처음 나올 때는 영락없는 박이다. 동그랗게 뭉쳐 달린 씨앗이 가느다란 가시로 덮여 있어 가시박이라 부르는가 보다.

귀화 식물은 여행자의 소지품이나 무역 상품의 포장제, 바람이나 해류를 타기도 하고, 컨테이너와 잡다한 용품에 묻어 들어오거나, 기후와 토양을 생각지 않고 무분별하게 들여와 버린 것이 퍼지기도 한다. 황폐한 묵밭이나 방치를 한 나대지 등에 분포하는 특징을 가지고 있다.

그들은 나그네로 떠돌다 자연 도태되기도 하지만 내성이 커서 잘 적응하며 강한 생명력으로 토종식물을 고사시키고 생태계를 교란시키며 기존 생태계를 잠식해간다. 국민들의 정서에도 맞지 않는다.

'가시박은 수박과 접붙이기를 하고 남은 것을 버린 것이 퍼져 나간 듯하다.' 한다. 연작의 피해와 생산량을 높이기 위해 오이나 호박, 수박, 참외같이 열매가 달리는 작물은 줄기로 접을 붙이고, 토종감은 작고 씨가 많기 때문에 크고 실한 열매가 달리는 감나무 가지와 접을 붙인다. 찔레에 장미를 접붙이면 추위와 병충해에 강하다.

잎이 두 장이 난 호박 모종과 오이 모종의 줄기를 날카로운 면도칼로 빗겨 자른 후 자른 면을 서로 붙여 테이프로 감아 놓으면 상처에서 나온 진이 서로 붙어 약 2주 후에 한 몸이 되어 자란다. 호박의 튼튼한 뿌리와 마디마다 달리는 오이의 장점을 다 취할 수 있다. 가시박도 수박의 생산성을 높이기 위하여 들여온 것이란다.

외래 식물들은 성장 속도가 빠르고 번식력이 강해 지탄을 받지만 그들도 차츰 적응해 귀화 식물이 된다. 인도가 고향인 나팔꽃, 멕시코에서 온 코스모스와 백일홍, 남미가 원산지인 분꽃, 브라질 태생인 채송화, 터키에서 온 민들레…… 화원이나 농장에서도 외래종이 많아 토종을 찾기 힘들다. 멕시코 유가탄 반도가 원산지인 고구마는 조선통신사로 대마도를 방문한 조엄이 처음 들여와 심기 시작하였다. 지금은 전국적으로 생산되는 구황식품이며 국민들이 즐기는 간식거리다.

가시박 덩굴은 나무를 보자기로 싸듯 덮어 햇빛을 받지 못한 나무는 죽는다. 나무를 덮고 있는 가시박을 보니 북한을 탈출한 새터민이나 외국에서 시집와 뿌리를 내리려는 여인들 생각이 떠오른다.

사람과의 관계는 관심과 배려가 필요하다. 언어와 음식, 풍습이 다른 이질적인 사회에서 적응하며 살기란 쉽지 않지만 그들은 강인하다. 우리들의 평범하고 사소한 일상들이 그들에게는 힘들겠지만 세월이 흐르면 정이 들고 편안해질 것이다.

외모가 다르고, 친정세력이 없다고, 정서가 다르다고, 좀 가난하다고, 가시박처럼 업신여기지는 않았는가? 다문화 가족은 국제적인 감각을 갖출 수 있는 장점이 있고 2대, 3대, 세월이 흐르면서 자연스럽게 우리 사회에 융화될 것이다.

약육강식은 동물의 세계에만 있는 것이 아니다. 식물의 세계에도 강한 것이 지배해왔지만 시간이 지나면서 그들 사이 틈새에 터를 잡는 것이 있어 생태계를 이어가고 있다. 가시박이 지금은 생태교란종이라고 끊어내기를 반복하고 있지만 세력을 넓혀가며 적응하여 언젠가는 우리 땅에서 성장하는 다른 식물과 같이 자연스럽게 살아갈 것이다.

생물들이 지닌 특성이나 독성을 이용하여 새로운 물질을 만들고 활용하고 있으니 세상에는 필요 없는 생물이 없단다. 가시박도 반드시 사람에게 유익한 물질이 있을 것이다. 그것을 찾아내면 대접받는 시대가 오지 않을까? 세력을 넓혀가는 가시박을 보면서 끊어내기에 앞서 활용할 가치를 찾는 게 먼저라는 생각이 들었다.

사진 찍기

"찰칵"증명사진을 찍었다. 사진이야 더하고 뺄 것도 없이 실물 그대로의 복사본일 텐데 주름이 가득하고 머리숱이 성성한 할머니가 들어있다. 어린아이들이 할머니라고 불러도 스스로는 아직 봐줄만한 몸매를 지닌 아줌마라고 자부하면서 살았는데 그게 아닌 것 같다.

몇 년 전의 사진과 비교해보니 눈꺼풀이 처져 눈이 반쯤 감겼고, 속이 훤하게 드러난 머리, 굵은 주름… 얼굴 주름만 느는 것이 아니라 마음의 주름도 늘어가는 것 같아 우울했다. 나이에 맞게 살아야 한다는 평상시 지론은 어디로 가고, 앞으로는 사진을 제출하라는 일이 없었으면 좋겠다는 생각을 하는데 내 몸속에 축적되어 있던 기운이 스르르 빠져나가는 느낌이 들었다.

여행할 때는 듣고 보는 즐거움보다 사진이 남는다며 사진 찍기에 바빴고, 몸매에 자신이 있다고 생각하던 처녀 시절에는 수영복을 입고 찍은 사진도 있다. 행사 때 찍어 둔 사진까지 앨범이 서너 개쯤 된다.

교복을 입고 찍은 사진은 눈이 예쁘고 잘생겨서가 아니라 풋풋한 모습 자체가 예쁘다. 어느 날부터 사진 속의 내 모습이 볼품없이 초라해 보였다. 주름이 자연스런 아름다움이라고 하는 사람도 있지만 난 아직 그 경지에 이르지 못했다. 그 후 사진 찍을 일이 있으면 주위풍경을 위주로 찍고, 사람은 작게 넣어 얼굴이 잘 안 보이게 하거나 슬그머니 뒷자리로 물러나는 버릇이 생겼다.

나이에 맞는 얼굴과 의상에서 자연스러움과 아름다움이 묻어난다. 얼굴은 마음을 쓰는 대로 빚어진다고 하는데, 나이가 들어 몸매는 변했는데 보톡스를 맞고 성형 수술을 한 얼굴은 어딘지 모르게 어색하며 정이 가지 않는다.

『웰컴투 동막골』이란 영화에 산신령을 닮은 촌장님의 모습이 오래도록 지워지지 않고 남아 있다. 문화가 차단된 산촌마을에서 법 없이 살아가는 순박한 사람들의 모습이다. 유독 주름이 깊은 촌장님의 얼굴에는 항상 엷은 미소가 잔잔히 퍼져있어 상대방을 따뜻하게 녹여준다. 인자함과 단아함이 함께 묻어있다. 정갈하면서도 위엄을 갖춘 하얀 턱수염이 산신령을 연상시켰다. 촌장님 얼굴에 하회탈 같은 주름이 없었다면 과연 지금까지 기억 속에 남아 있을까?

얼굴에 생긴 주름은 부위에 따라 건강을 진단할 수 있을 뿐만 아니라 그 사람이 살아온 이력서가 들어 있다고 한다. 사람의 인품이나 마음가짐이 얼굴에 나타나기 때문에 하회탈같이 부드럽고 편안해 보이는 이가 있는가 하면 성난 고양이 같이 암상궂게 보이기도 한다.

기생 늙은 모습은 못 봐주겠다는 말도 있다. 덕이 없이 미색만 갖춘 기생은 젊은 시절에는 반짝하겠지만 나이 먹고 세월이 가면, 삶의 흔적들이 자글자글 수세미 같은 주름으로 남는다. 반면에 종교지도자의 얼굴은 온화함과 인자함이 묻어있으면서도 참 맑아 보인다.

촬영기사의 손이 마우스를 끌고 화면 속을 좌우로 쓱쓱 몇 번 누비니 굵게 골을 이루던 주름이 하나씩 지워져 나갔다. 동그랗던 내 얼굴이 가름하게 줄어들었고 티끌 하나 보이지 않게 깨끗해졌다. 마음에 들지 않으면 더 수정할 수도 있다고 하였다. 사진은 나를 증명하기 위함인데 이렇게 고쳐도 괜찮은지 걱정이 앞선다. 실물보다 훨씬 젊어 보이는 수정된 사진을 받아 들고나오는데 아무리 생각해도 꼭 사기를 치는 것 같아 얼굴이 화끈화끈 달아 오른다.

사진 속의 주름을 마우스 몇 번 움직여 쓱쓱 지워버리듯 마음속에 생긴 주름도 지울 수 있으면 얼마나 좋을까? 과거 속에 각인된 힘들고 아픈 기억들이 살아가면서 가끔 파문을 일으킬 때가 있다. 누구의 가슴엔들 아프고 서러웠던 기억이 한 자락씩 없을까만 나이가 들어서도 어두운 과거를 끌어안고 힘들어할 필요는 없다. 사진 속의 주름들을 마우스로 쓱쓱 지워내듯 가슴속에 쌓인 주름도 말끔히 지우려고 노력을 하는 것이 현명하다.

나이가 들면 외모뿐만 아니라 모든 기능이 노화된다. 그중에서도 늘어난 얼굴의 주름이 가장 눈에 띄는데 이것도 자연적인 현상이라 받아

드리는 지혜가 필요하다. 얼굴에 무엇이 묻어있나 살피거나 화장을 할 때가 아니어도 가끔은 거울 앞에서 하회탈을 닮으려는 연습이라도 해 두어야 될 것 같다. 사진을 통해 내를 돌아보고 미래의 내 모습까지 갸름해 볼 수 있는 좋은 계기가 되었다.

 앨범 속의 사진을 자식에게 물려줄 것도 아니고, 내 자신도 보지 않으니 정리해야 할 것 같은 생각이 들었다. 떼어내어 맘에 드는 사진 몇 장을 핸드폰으로 찍어 외장 하드에 저장을 한다. 버리고 갈 것이 또 줄어 홀가분해졌다. 프로필 사진을 오늘 찍은 사진으로 바꾸어야겠다.

다음 세대를 위하여

　밭에 가면 덥기 전에 조금이라도 일을 더 하고 오려고 서두른다. 허리를 굽혔다 펼 때마다 허벅지 뒤쪽을 바늘로 찌르는 것 같이 따끔거려 손을 넣었더니 삼각뿔 끝에 살짝 휘어진 바늘이 달린 것 같이 생긴 풀씨가 붙어 있었고 소매에도 도깨비바늘이 붙어 있다.

　겨울에도 날아가거나 떨어지지 않고 마른 줄기에 붙어 있다가 상대가 알아차리지 못하는 사이에 달라붙기 때문에 도깨비바늘이란 이름이 붙었다. 일일이 하나씩 떼어내려고 하니 단단히 붙어 있어 끝이 부러지며 희끗희끗하게 흔적이 남아 있다.

　밭둑에 자리를 잡은 잡초들이 서리가 내릴 때쯤 되니까 씨앗을 날려 얼굴이나 옷에 붙고 숨결에 따라 들어온다. 작업복을 뚫고 들어온 풀씨는 얼마나 단단히 붙어 있는지 세탁기에 넣어 빨아도 붙어 있다.

　식물도 생존하고 종족 번식을 하기 위해 지혜롭게 진화하고 있다. 제비꽃은 꽃잎을 뒤로 젖혀 수정을 하지만 실패를 하면 곁가지를 내고 개미가 좋아하는 엘라이오솜을 씨앗에 묻혀 둔다. 개미는 제비꽃 씨앗을 집으로 가져와 엘라이오솜을 빨아먹은 후 내다 버리니 멀리까지 자손을 퍼트릴 수 있다.

잠자리 날개같이 붉은 날개를 단 단풍의 씨앗은 꽃보다 더 곱고, 검거나 빨간 과육에 소화액에도 녹지 않는 단단한 껍질을 만들어 숨겨 놓아 새들의 먹이가 되어 멀리 까지 퍼진다.

종의 기원에 따르면 철새의 발바닥에 붙은 씨앗 한 톨이 대륙을 건너가 숲을 이루고, 산동반도가 자생지인 모감주나무는 바닷물에 떠다니다가 흘러와 우리나라 안면도에 와서 숲을 만들며 퍼져나갔다.

개다래나 설악초는 아주 작고 보잘것없는 꽃을 대신해서 잎이 흰색으로 변해 멀리서 보면 꽃으로 착각을 하게 만드는 재주가 있다. 벌과 나비를 불러드리기 위해 꽃마다 색과 향, 생김새가 다르고, 멀리 날리기 위해 씨앗에 날개나 솜털을 달고, 바늘같이 꿰뚫고, 끈적끈적하게 달라붙고, 건드리면 톡~ 튀어나가고, 다음 세대가 뿌리를 내리고 안전하게 살 곳을 참 여러 방법으로 찾는다.

터키의 넓고 푸른 들판에는 민들레가 노랑과 흰색모자이크 카펫을 깔아놓고 있었다. 꽃이 져도 꽃씨를 더 멀리 날리기 위해 꽃대는 계속 자라나 무성한 흰 관모가 바람 따라 눈이 내리듯 일렁이는 모습이 장관이었다.

밭에 나가 김을 매고 돌아서면 또 풀이 파릇파릇 올라온다. 꽃이 피는 것을 보지 못하였고 더군다나 날아다니는 씨앗이 눈에 띄지도 않았는데 호미로 땅을 파 뒤집어 준 후에도 끈질기게 풀이 돋아나 봄부터 잡초와의 전쟁을 치르고 있다.

단단히 뿌리를 박고 있는 것은 바람을 두려워하지 않고, 여린 것은 바람결 따라 휘어져 몸을 보호하여 생존한다.

스스로 움직이지 못하는 식물도 생존과 번식을 위해 다양하게 진화를 하는데 젊은 사람들은 아이를 낳지 않으니 대가 끊기고 나라가 망할 징조다. 두 사람이 2명의 자녀는 두어야 하지 않겠는가!

아이를 낳지 않는 이유로 높은 사교육비, 맞벌이 부부가 감당해야 하는 육아의 어려움, 사회적 불안감 등 많은 이유가 있고, 자식을 낳아 키우는 것이 희생이라는 이기주의도 한몫한다.

지자체마다 출산율을 높이기 위해 아파트 입주 우선권을 주고, 출산장려금을 주고, 다둥이에게 학비를 면제해 주지만 혜택만으로는 부족하다. 국립 유치원 보내기가 힘들고, 어린이 학대나 사망 사고가 터질 때마다 가슴을 쓸어내리는데 아이를 키울 엄두가 나겠는가. 여성으로서 직장일과 가사일 그리고 자녀를 키우는 일을 병행하기란 쉽지 않다. 가사 일을 분담하는 사회 분위기로 바뀌고 경제적인 큰 부담 없이 믿고 아이를 맡길만한 곳이 있으면 출산율이 높아질 듯싶다.

거리에서 임산부를 보기 힘들고 아기의 울음소리가 여러 해째 끊긴 마을이 많으며 올해는 출산율이 가장 낮다고 한다. 출산비율도 여자가 훨씬 적어 10년 후에는 장가 못 가는 남자가 많을 것이라는 전망이다. 고령화 사회가 되어도 후대를 이을 자식을 낳아 바르게 교육시켜 빚만은 남기지 말아야 한다.

옷에 붙거나 농기구에 매달려 집까지 따라온 씨앗들을 모아 골목길이나 정원 한쪽에서라도 단단히 뿌리내려 소임을 다하기 바라며 옥상으로 올라가 후~ 후 날려 보낸다. 그래, 작은 씨앗이지만 대를 이어가는 네가 사람보다 진실하다. 바람이 데려다주는 곳이 척박한 곳이라 할지라도 뿌리를 내리고 튼튼히 자라라.

제2부

토우와의 만남

닮고 싶은 얼굴 나한

국립춘천박물관 2층 전시실을 들어서면 영월 창령사 출토 나한이 새 색시같이 다소곳이 앉아서 반긴다. 광배가 있거나 금칠을 하지 않았고, 보살같이 화려한 장식을 하지 않았지만 화강암의 투박함과 이웃 사람들 같은 얼굴 모습에 마음이 푸근해진다.

마치 박수근의 작품을 보는 듯 부드러운데 표정은 생생하게 살아 있다. 신선의 모습이 저러할까? 500여 년이란 시간이 흘렀는데도 어쩌면 저렇게 완벽한 형태를 유지하고 있는지…. 세계 어디에 내놓고 자랑을 하여도 손색이 없을 만큼 소박한 강원도의 특징이 잘 나타나 있다.

나한 신앙은 신라 말에 전래 되어 고려 시대에 크게 유행을 하였다. 나한은 산스크리스어로 아라한의 준말로 불법을 지키고 대중을 구하는 성자며, 모든 번뇌를 끊고 열반에 든 수행의 완성자다. 모든 만물에 부처의 성품(佛性)이 깃들어 있어 누구나 깨달음을 얻으면 부처가 될 수 있다는 대승(大乘) 사상이 들어있다.

강원 지역은 예로부터 유명한 산과 큰 절이 많고 부처님의 진신사리가 네 곳에 있으며 통일신라 이후 불교의 중심지로 자리 잡았다

영월에 있는 창령사지 나한은 2001년 토지 정리 작업을 하던 중 발견되었다. 온전한 나한 64개와 인위적으로 파쇄한 흔적이 있는 것까지 317개의 나한, 보살상과 부처상 11구, 도자기류, 철재류, 기우제 터와 "창령"이 새겨진 기와 조각 등 701개의 유물이 나왔다. 나한을 봉안하였던 유적지로 산지가람 연구와 불교 미술사 연구에 귀중한 자료가 된다.

창령사 출토 나한은 짧은 신체비례의 특징을 가지고 있다. 두꺼운 장삼 위에 새겨진 둥글고 부드러운 띠 주름과 다양한 복식의 표현으로 조선 초기 불교 미술사와 복식 연구에 귀중한 자료가 된다. 깨달음을 얻으신 성인이지만 근엄하거나 성스럽지 않고, 그렇다고 속되지 않으며 해학적이고 순박한 얼굴에서 맑은 기운이 돈다.

동생들을 업어 키운 언니, 부끄러워 바위 뒤에 숨어서 살짝 바깥을 엿보고, 실눈을 뜨고 입을 내민 채 뽀뽀해 주셔요. 하거나, 고개를 살짝 옆으로 돌린 채 귀를 열고 있는 모습, 볼이 통통한 개구쟁이, 예의 범절이 뛰어난 양반집 도령님같이 단정하게 두건을 쓴 모습, 쌈지에서 알사탕을 꺼내 주실 것 같은 할아버지, 코와 얼굴이 발그레하게 취기가 도는 어르신, 두 손을 모으고 기도 중이고, 법력이 깊으신 고승, 이마 주름마저 깊게 파인 채 고뇌에 잠긴 모습, 가사를 머리까지 뒤집어

쓴 나한이 전시되어 있다.

　나한과 눈높이를 맞춘다. 이 시대를 사는 사람들의 모습을 전시해 놓은 것 같아 연민의 정이 간다. 세상 근심을 혼자 다 짊어진 것 같이 주름이 깊고 표정이 어두운 나한을 보면 얼른 눈을 돌리게 되고, 해 맑은 아이의 모습에서는 슬슬 장난이 치고 싶어진다. 인자한 할아버지를 닮은 나한은 복잡했던 생각들이 슬슬 빠져나가 비우려고 애쓰지 않아도 마음이 편안해진다. 불만이 가득해 늘 찡그리고 사는 얼굴이 있는가 하면, 어깨에 기대고 싶은 자애로운 얼굴, 투정을 부리면 받아줄 것 같은 다정한 얼굴, 인품이 높아 저절로 머리가 숙여지는 얼굴이다.

　각기 표정이 다른 나한을 보며 사바세계에 사는 자신의 모습을 돌아보게 된다. 과연 상대방에게 비친 내 얼굴은 어떤 모습일까? 시간이 지날수록 머리가 맑아지고 내 얼굴의 주름살이 펴져 나한을 닮아 가는 것 같다. 입꼬리를 올리고 가늘게 실눈을 뜬 채 배시시 웃는 나한이 다가온다. 닮고 싶은 얼굴을 가슴에 새겨 넣는다.

수월관음도 앞에서

　수월관음도는 은은하면서도 화려하다. 중생을 향한 무한한 자비의 미소, 감고 계신 듯한 자애로운 눈길, 보관에는 화불이 있고, 늘어진 버드나무, 정병을 들고 계시다. 부드럽게 흘러내린 옷자락 밑으로 보이는 두툼한 발이 복스럽다. 책상 앞에 걸어두고 매일 관세음보살을 암송하면 저절로 불도가 이루어질 것 같이 신비스런 빛을 띠고 있다.

　관음불은 서방정토 극락세계의 본존이신 아미타 부처의 왼쪽에 계신 협시불로 중생을 제도하신다. 수월관음은 인도 남쪽 해안가 보타낙가사의 유지(幽池)에 비친 맑고 아름다운 보살을 형상화한 모습이다. 관음은 현실에서 괴로움을 겪는 중생의 음성을 가슴으로 들으시는 분으로, 중생의 인격에 따라 서른세 가지의 모습으로 나타나신다.

　고려 시대는 화엄경과 법화경 등 주요 경전의 내용을 변상도로 나타내고 있다. 선재동자가 문수보살의 인연으로 53지식을 친견하여 법을 구하는 과정에서 28번째 관음보살을 친견하는 과정을 그렸다.

화엄경에는 꽃과 과일나무들이 우거지고, 맑은 샘물이 흐르는 보타낙가 산에 상주하고 계신 관음보살을 선재동자가 허리를 굽혀 공손한 자세로 합장을 하고 법문 듣기를 청하고 있다 하였다.

붉은색과 녹색 비단옷 위에 얇은 사리가 드리워져 있어 속에 있는 비단옷이 은은히 비치기 때문에 부드러운 느낌을 준다. '군자의 도는 은은해도 날로 빛나고, 소인의 도는 선명하나 나날이 시들해진다.' 하듯 진정한 아름다움은 안으로부터 나온다.

천년이 지나도 변하지 않는 천연염료로 연꽃과 연잎, 당초문을 그렸고, 옷 주름 하나하나를 금니로 선을 둘러 은은한 것 같으면서도 화려하기가 이루 말할 수 없다. 그 정성은 하늘도 감동 시킬만 하다.

우리나라의 관음성지는 서해의 강화 보문사, 동해는 양양 낙산사, 남해는 보리암이다. 양양 낙산사는 의상대사가 창건하셨다. 의상대사는 원효대사와 함께 당나라 유학길에 올랐다가 국경인 요동에서 정탐자로 오인을 받아 유학길이 좌절되었다. 10년이 지나 두 사람은 다시 유학길에 올랐다. 비가 오고 날이 저물어 잠잘 곳을 찾아 굴속에 들었고, 원효는 잠결에 목이 말라 손을 더듬어 머리맡에 있던 물을 달게 마셨는데 다음 날 아침에 깨어보니 해골에 담긴 썩은 물이었다. 원효는 모든 것이 마음에 있음을 크게 깨달아 유학을 포기하고 돌아와 많은 저서를 남기셨다.

유학을 마치고 돌아온 의상은 7일 밤낮으로 기도하여 관음의 진용

을 친견하셨고, 바다에서 붉은 연꽃이 솟았으며 동해 용으로부터 여의
보주를 받으셨다. 관음은 "산꼭대기에 쌍 죽이 솟아날 것이니, 그 땅
에 불전을 세우라."하셨고 그곳에 금당을 지으니 낙산사다. 붉은 연꽃
이 솟은 자리는 홍련암이다.

같은 시기에 공부하신 원효대사는 관음을 두 번이나 친견하셨는데
미처 깨닫지 못하여 인연을 맺지 못하셨다는 일화가 남아있다.

우리는 계란형에 코가 오뚝한 얼굴이 아닌, 보름달 같으며 밝고 편
안해 보이는 사람을 보면 보살 같다고 한다. 몸과 마음에 병이 있으면
얼굴색이 어둡고 탁하며 눈은 마음의 거울이라 할 만큼 변화가 많다.
보살 같은 얼굴이 되려면 몸과 마음이 건강하고, 덕을 쌓고 욕심을 내
려놓아야 가능하지 않을까?

고개를 살짝 처든 채 오랫동안 수월관음도 앞에 서 있다. 어머니 같
은 눈빛으로 몸과 마음을 얼러 주어 아주 편안하다. 아! 내가 있는 이
곳이 바로 관음보살이 계신 곳이구나.

철조 약사여래불

(보물 제1873호)

국립춘천박물관 2층 전시실에는 강건한 철조 약사여래불이 오른손에 약함을 들고 왼손을 무릎에 살짝 놓은 채 가부좌해 계시다. 철로 만든 농기구나 무기류가 1층 전시실에 있어 철의 쓰임새를 다양하게 비교하며 볼 수 있다.

사월 초파일을 앞둔 어느 날 할머니 한 분이 철불 앞에서 허리를 굽힌 채 합장을 하고 계시기에 잠시 경건한 마음을 가지고 지켜보았다. 박물관인들 어떠랴! 약사여래불 앞이니 신앙이 깊은 할머니는 저절로 손이 모아지고 허리가 숙여졌을 것이다.

깨달음을 얻으신 부처상은 육계(肉鷄), 백호, 삼도(三道)가 상징이며 불상의 뒤에는 두광(頭光)과 신광(身光)을 표현한 광배(光背)가 있다. 외모는 32길상 80종 호를 갖추고 있다. 서방극락정토에는 아미타불, 동방정토에는 약사여래불, 우주 중심에는 비로자나불이 상주 하고 계시다 하였다.

철불은 고려 초기 원주지역에서 주조되었다. 금동불만큼 많이 만들어지지는 않았지만 선종의 영향으로 통일신라 말부터 고려 초까지 철불이 많이 제작되었는데 원주지역에서 제작된 철불이 5개 남아있다.

원주지역은 고려 시대에 철불을 만들 만큼 상당한 수준의 문화와 경제적 부가 집중되었던 곳이다. 중앙정치의 기반이 흔들리자 신진 호족 세력들은 새로운 문화를 선도하고자 서민과 가까우면서 비용이 적게 드는 철불을 많이 주조하였다.

철의 산지인 충북과 충주가 섬강과 남한강을 통해 서해까지 이어졌고 뱃길이 수도 개경과 연결되어 있어 철불 제작소로 명성을 얻을 수 있었다.

철로 주조된 불상은 강도는 높으나 표면의 질감이 떨어지고 주조 후 끝마무리가 어려운 단점이 있다. 불상 표면에 틀 자국이 없이 매끄러운 것을 보면 솜씨가 뛰어난 장인에 의해 밀랍주조 방식으로 만든 것이다.

반듯한 자세와 균형 잡힌 몸매는 범접할 수 없는 위엄을 갖춘 대장부 같다. 큼직큼직한 이목구비는 비례가 맞고 반듯하다. 길게 늘어졌던 귀의 끝부분이 떨어져 나간 것을 빼면 완전한 모습이다.

학덕이 높고 행실이 절제된 아름다움이 있다. U자형 옷의 주름이 넓은 간격으로 숄을 걸친 것 같이 자연스럽게 흘러내렸다. 오른쪽 손에는 약함을 들고 왼쪽 손은 자연스럽게 무릎 위에 있으며 왼쪽 어깨 조금 밑에 있는 잠자리 모양의 매듭은 경주 남산 상룡골 부처의 매듭과 비슷하며 사실적으로 표현되어 있다.

　불교에서는 상상의 산인 수미산을 비유해 수미단이라 부르는 불단을 아름답고 신비한 문양이 가득하게 꾸며 놓는다. 철불도 높은 수미단 위에 놓여있었을 것이고 아래쪽에서 부드러운 촛불이 비춰 인자한 미소가 몸 전체로 퍼져서 기도하는 사람들은 근심 걱정이 스르르 풀렸을 것이다.

　눈높이보다 낮게 전시가 되어 있고 위에서 조명이 비춰 강한 느낌이 들지만 자세를 낮추어 엎드려서 올려다보면 입꼬리가 살짝 올라가 모나리자의 미소에 버금가는 아름다움을 지니고 있다.

　대동아 전쟁 막바지에는 무기를 만들기 위해 놋그릇과 쇠, 철불까지 공출을 하였으며 무지몽매한 사람들은 철 불을 파손해 엿과 바꾸어 먹었다고 한다. 다행히 약사여래불은 온전한 모습으로 남아있다. 거무스름하고 단단한 철이지만 차가운 느낌이 들지 않고 입가에 미소를 띠고 있어 듬직하고 믿음이 간다.

　모든 액운 거두어 가고 건강과 장수를 주실 것이다.

빗살무늬 토기

전시실 안의 토기들이 나를 타임머신에 태워 만 년 전으로 되돌려 놓는다. 빗살무늬 토기라면 으레 빗금이 있는 토기만을 생각하기 쉽지만 나뭇가지나 짐승의 뼈를 빗같이 엮은 것으로 그림을 그렸기 때문에 빗금은 물론 파도 무늬나 곡선, 번개무늬 눌러 찍기, 점 등 다양한 무늬가 있다.

정착생활과 농경의 시작으로 생산물을 저장하고 운반하며 조리도구가 필요해 토기가 만들어 졌다. 생활에서 가장 중요한 물을 토기에 담아 길어오고 저장했다.

무생물인 토기라 할지라도 관심을 가지면 정이 드는 모양이다. 빗살무늬 토기를 보고 있으면, 싸리비 자국이 선명하게 싹싹 쓸어낸 정갈한 마당이 생각나고, 내리쏟아지는 햇살처럼 따스함이 묻어 있고, 때로는 시원한 빗줄기가 연상되어 마음속까지 시원해진다.

황토를 발라 길이 잘든 시골집 부뚜막같이 나무 타는 냄새가 배어 있을 것 같고, 끌어안으면 어머니 품속같이 따뜻할 것 같다. 어머니가 바느질하고 계시는 토담집의 따뜻한 아랫목에 누운 것 같이 편안하고 정이 간다. 크고 작은 토기들이 줄 맞추어 전시되어 있는 공간은 친정집 장독대 앞에 서 있는 것 같이 그리움을 안겨준다.

밑바닥에 잎맥이 선명하게 찍혀있는 토기가 있다. 만든 토기가 들러붙지않게 하려고 떡갈나무 잎을 바닥에 깔고 그늘에서 건조시켰다. 봄에는 잎맥이 선명하지 않고 처서가 지나 수분이 빠지면 잎맥이 선명하게 나타나기 때문에 9~10월에 만들어 졌다.

토기는 음식의 온도를 높여주고 잡냄새를 중화시켜 주는 역할도 한다. 된장찌개는 뚝배기에 끓여야 장맛이 나듯이 토기에는 흰쌀이 아닌 잡곡을 끓여야 제맛이 나지 않을까?

자기가 화장을 곱게 한 얼굴이라면 토기는 유약을 바르지 않은 맨얼굴이다. 그저 생긴 대로 제 편한 대로 착하게 사는 조강지처같이 순순한 모습이다. 해진 옷을 기워 입어도 부끄럽지 않고, 기미나 죽은 깨가 드러나도 감추지 않는 믿음이 가는 얼굴이다. 오래도록 보고 있어도 싫증이 나지 않고 담백하다.

날렵하고 매끄러운 청자나 백자가 귀족이라면 토기는 자연인의 손때가 묻어 있는 것 같이 만만하게 보여서 좋다. 많은 사람이 왕족이나 귀족들이 사용하던 도자기에 관심을 보이는 반면 토기는 하찮게 여기

기 쉽지만 만년을 이어온 우리의 뿌리요 역사이기 때문에 아끼고 사랑
해야 한다.

　전시되어 있는 토기들은 찌그러지고 깨진 흔적이 있지만 토기의 본
바탕을 잃지 않고 한결같은 모습으로 천년을 지켜왔다. 사람도 본바
탕을 잃지 말고 정직하게 살라 한다. 토기를 닮으라고 속삭인다.

토우와의 만남

　신라를 대표하는 토우장식장경호(국보 제195호)가 춘천으로 나들이를 왔다. 강한 자석에 끌리기라도 한 듯 서수형 토기와 토우장식장경호 앞에 많은 관람객이 모여 있다. 빗살무늬 토기와 민무늬토기만 보아온 강원도 사람들에게는 색다른 모습이라 관심이 많은가보다.

　토우는 흙으로 만들어진 인형을 말한다. 주술적인 행위의 대상이거나 무덤에 넣는 부장품으로 풍요와 다산, 귀신을 쫓는 벽사의 의미가 담겨 있다.

　토우장식장경호에는 개구리의 뒷다리를 꽉 물고 있는 뱀, 날개를 편 새, 거북이같이 힘과 장수를 상징하는 동물이 있고, 여러 형태의 사람들 모습이 있다.

　흙으로 나서 흙으로 돌아가는 우리의 삶을 화려하지 않고 세련되지 않게, 한 덩이 흙에 이목구비를 손으로 꾹꾹 눌러 간략하게 표현해 놓아, 얼굴은 천진함이 그대로 담겨 있어 진한 감동을 준다.

　개띠 해를 맞아 공예 교실 수업시간에 개를 만들기로 하고 점토를 나누어 주었다. 점토를 받아 든 아이들은 엄두를 내지 못하고 한참을 주무르더니 옆에 아이를 따라서 강아지를 빚고 있다.

　반려견이니 애완용이니 하면서 집안에서 재롱을 떠는 강아지만을 보아서일까? 대부분의 아이들은 역동적인 힘이 느껴지는 개가 아닌 예쁜 방울을 달고 머리에 핀을 꽂고 있는 얌전하고 귀여운 강아지를 빚고 있다. 내면의 특성을 들여다보지 못하고 화려하고 예쁜 겉치장만을 중하게 여기며 살아가고 있는 모습들이다. 꼼꼼하고 오밀조밀한 모습에서 개의 용맹성과 충성심은 어디에서도 찾아볼 수 없다. 사람의 명령에 따라 행동하며 재롱을 떨고 칭찬받기를 원하는 애완용 강아지 일 뿐이다.

　아이마다 생김새가 다르듯이 다양한 모양이 빚어지리라 기대를 했 는데 비슷하게 만들어져 실망했다. 요즘 아이들도 부모의 관심과 사랑 을 받기 위해 애완용 강아지처럼 길들여지고 있는 것이 아닐까? 자신 의 생각을 담지 못하고 부모한테 칭찬받을 생각만 하고 있는지 모르 겠다. 자라나는 아이들의 생각이 틀에 맞춘 듯 정례화되어 가는 것 같 아 안타깝다.

　우리가 유물을 중시여기는 것은 그 시대의 모든 생활상과 정신세계, 사후관은 물론 예술적 가치를 짐작할 수 있기 때문이다. 신체의 일부분을 필요 이상으로 크게 표현한 토우 장식은 다산의 중요성을 말해 준다. 생명은 기쁨이며, 사랑은 이렇게 한다고 남자와 여자가 한 치의 틈도 없이 부둥켜안고 온몸으로 보여주고 있다. 윤리나 도덕이 가로 막기 전, 본래의 모습만 있을 뿐이다.

악기를 끌어안은 모습, 절하는 자세, 임종의 모습까지 일상생활의 모든 모습과 삶이 진솔하게 담겨 있다. 개미핥기나 원숭이의 모습도 보인다. 우리나라에서 생존하지 않는 개미핥기나 원숭이가 있는 것을 보면 그 시대의 사람들은 우리가 생각하는 것 보다 훨씬 넓은 영역을 이동하였거나 교역을 하였을 것으로 짐작할 수 있다.

순장자를 대신한 토우들의 모습은 이승과 같은 삶이 저승에서도 계속 이어지기를 바라는 간절함이 담겨 있다. 살아 있는 사람이 베풀 수 있는 최대의 미덕이기도 하다.

찰흙으로 아무렇게나 주물러 놓은 작은 토우를 보면서 생각한다. '삶이란 기쁘면 웃고, 슬프면 울고, 남자와 여자가 만나서 사랑을 하는 아주 간단하고 쉬운 일이다.' 나이가 들어 얼굴 가득 주름살이 있어도 삶이 편하면 부처같이 온화한 얼굴이 된다. '댓잎을 깔고 자고, 도토리 깍지에 장을 담아 먹어도 마음만 편하면 행복하다.' 했다. 얼굴에는 그 사람의 이력이 담겨 있다.

흙에서 태어난 토우는 꾸밈없는 모습으로 우리에게 삶의 지혜를 가르쳐주고 있다.

한송사 석조보살 좌상
(국보 124호)

    국립춘천박물관 2층 전시실을 들어서면 아담한 크기의 국보 124호 인 한송사 석조보살이 온화한 미소를 지으며 늠름한 사자좌에 앉아 계시다. 강릉시 강동면 남항 진도에 있던 한송사는 19세기 해일에 의해 폐사되어 석조보살좌상 두 구와 깨진 좌대만 남아있다.

    무량세계(無量世界) 영롱한 빛을 발하던 이마의 백호가 없어지고 목 부분을 붙인 흔적 외는 온전한 형태를 갖추고 있다. 원통형 높은 보관 을 쓰고 상투 모양의 육계가 관 위로 솟아 있으며 머리카락을 어깨까 지 드리운 채, 깊은 주름 옷은 양어깨에 걸쳐 있고, 영락과 팔찌 등 장 신구가 돋보인다. 가느다란 눈, 부드러운 턱 선과 온화한 미소를 띈 여유로운 얼굴 표정, 그 앞에 서면 보살의 기품이 저절로 느껴진다. 오 른손 검지와 중지를 뻗어 변설(變說)을 나타내는 수인과 연결 지어 연 꽃을 살짝 들어 올리고, 왼손은 검지를 편 채 무릎 위에 올려 있다.

한송사 석조보살좌상은 오대산 월정사 보살상, 신복사지 보살상과 함께 고려 시대 강원 지역 불상을 연구하는 귀중한 자료가 된다. 불상 재료로 널리 쓰는 화강암 대신 석영이 많이 들어있는 백색 대리석으로 밀가루 반죽을 빚듯이 정교하게 만들었다. 딱딱하고 차가운 느낌의 대리석에서 따뜻함이 느껴질 만큼 선이 곱다. 많은 사람이 쓰다듬어 무릎은 손때가 반질반질하게 묻었지만 몸체는 석영이 빛을 산란시켜 마치 눈가루를 뿌려 놓은 듯 반짝거려 저절로 손이 간다.

원통형 높은 관을 쓴 보살상은 중국 법문사 은제보살이나 선각보살상과 같은 상으로 신라 말과 고려 초에 전해졌다. 인도의 밀교가 중국에 수용되면서 장안 산서성 오대산 지역을 중심으로 밀교가 융성하였고 요나라에서 유행하게 되었다. 강원도 오대산 지역의 중심 사찰에서만 볼 수 있는 지역적 특성을 보이고 있어 강원도는 요나라와 문화적 교류가 있었음을 알 수 있다.

가부좌를 튼 채 한쪽 다리를 편하게 두고 서로 대칭을 이루고 있는 것으로 보아 오죽헌 박물관 보살상과 춘천박물관 보살상은 삼존불의 좌우 협시 불로 본다.

법화경, 화엄경, 다라니경에 의하면 문수보살의 대좌는 지혜를 상징하는 사자상이며 보현보살의 대좌는 자비를 실천하는 코끼리 상이다. 사자 좌의 일부분이 남아있는 것으로 보아 국립춘천박물관에 있는 보살은 문수보살이고 오죽헌 박물관에 있는 보살은 보현보살이다.

두 보살상이 남아있는 것을 보면 "문수보살과 보현보살의 두 석상이 땅속에서 위로 솟아나왔다.”고 전해 내려오는 말이 거짓은 아닌 듯 싶다.

 한송사 석조보살 좌상은 일본으로 밀반출되었다가 한일협정에 의해 1966년 반환된 아픔을 간직하고 있다. 국보는 제작연대가 오래된 것, 시대를 대표하는 것, 학술적, 예술적 가치가 뛰어난 것, 역사적 인물과 관련이 있는 최상급 유물로 법률에 의하여 지정된 것이다.

 일본으로 밀반출된 국보급 문화재가 어디 한송사 석조보살 좌상뿐이 겠는가. 나라를 잃거나 사회가 어지러우면 내 것을 지키기 힘들어진다.
 한송사 석조보살 좌상은 본향으로 돌아왔기에 아주 편안한 표정을 짓고 있다. 중생들의 번뇌와 괴로움을 씻어주는 은은한 미소를 지으며 진리를 들려주고 있다. 부드러운 턱선과 도톰한 강원도인의 얼굴에 정이 간다. 닮고 싶은 얼굴이다.

불에 녹아내린 선림원지 종

국립춘천 박물관 제2전시실에는 불에 녹아내린 선림원지 종이 있다. 천년의 역사를 품고 산사에 있어야 할 종이 어찌 깨지고 녹아내린 채 전시실에 있는가! 통일신라의 종 양식을 잘 갖춘 국보였으나 6.25 때 불에 녹아내린 상흔이 생생하게 남아있다.

범종은 중생을 구원하거나, 때를 알리고, 대중을 모을 때 치는 법구로 사물중 하나다. '범종은 소리가 장엄하면서도 청아하여 하늘과 지옥 세계까지 메아리쳐 보는 사람은 기이함을 칭송하고 듣는 자는 복을 받는다.' 하였다. 소리는 물론 문양까지 아름다워야 하는 종합예술품이다.

종을 매달 수 있는 고리 현가는 매끄러운 손으로 여인의 긴 머리를 촘촘하게 땋아놓은 듯 정교하게 만들었다. 현가는 종 무개의 백배 이상을 견뎌야 하므로 불에 달구고 물에 넣어 식히기를 반복하는 단조

기법으로 제작되어 부러지지 않고 유연하면서도 강하다. 현존하는 통일신라 종 가운데 현가가 온전하게 남아있는 것은 선림원지 종뿐이니 과학적으로 연구할 가치가 매우 크다고 할 수 있다.

종 옆에 패널에는 단아한 모습으로 서계신 스님의 모습이 사진으로 남아있어 그 당시 종의 실체를 증명하고 있다. 옆에는 종 만드는 기능 보유자인 원광식 선생이 전통 밀랍 주조기법으로 만든 복제품 종이 있다. 무게감이 있지만 가운데를 중심으로 물 흐르듯 살짝 좁아진 유려한 곡선과 문양이 얼마나 아름다운가! 한눈에 보인다.

선림원지는 구룡령 아래 미천골 계곡에 3층 석탑과 부도, 깨진 홍각선사탑비가 남아있는 통일신라 때 절터다. 그 규모가 얼마나 컸는지 끼니때마다 쌀을 씻은 뜨물이 계곡으로 흘렀다 하여 미천골이라 전한다.

스님들이 참선하고 공부를 하던 수행공간인 선림원은 10세기에 태풍과 홍수로 산이 무너져 내려 중요 건물들을 덮어버렸기 때문에 폐사가 된 듯하다.

선림원지 종은 1948년 폭우로 땅이 파인 곳에서 숯에 쌓인 채 묻혀 있었다. 얼마나 급했으면 종을 옮기지 못하고 습기를 방지하고자 숯을 넣고 파묻었을까. 누가 종을 묻어두었는지는 알 수 없으나, 발굴된 종은 절이 없으므로 보관과 관리가 쉬운 월정사로 옮기게 되었다. 월정사로 옮겨진 후 6.25가 터졌고 종은 이때 불에 녹아내려 여러 편으로 나누어졌다.

종의 안쪽에는 804년이란 제작 년도와 지방호족으로 옥천군에 사는 시 주자 이름, 당시 관직명과 종의 무게, 경주 소재 영묘사의 큰 스님을 모시고 제작되었다는 종과 관련된 내용과 이두가 있어 종을 연구하는 중요한 자료가 된다.

네 개의 연곽 안에는 연꽃봉오리가 9개씩 있고, 보상화문, 당좌, 몸을 약간 옆으로 돌린 채 연화대좌에 앉아 횡적과 요고를 연주하는 주악 천인상이 있다. 종 아래 띠에는 연꽃과 당초문이 정교하게 돋을새김 되어 있다. 비천의 몸은 통통하고 얼굴 표정은 엄숙하며 기품이 있다. 얼마나 짜임새가 있고 예쁜지 아 ! 하는 탄성이 절로 나온다.

한국의 종소리는 맥놀이가 오래가고 은은하면서도 멀리까지 퍼진다. 검은색을 띤 무생물이지만 온기가 남아있다. 멀리서 들려오는 산사의 종소리가 그리운 날이다.

당상관 후수
(황실공예 특별전을 보며)

　남빛 도포 뒷자락에 드리워진 당상관 후수는 붉은 비단에 흰 학이 대비되어 깔끔하면서도 화려하다. 평상복이 아니기 때문에 가까이서 볼 기회가 없었고 뒷모습까지 관심을 가지지 않았는데 향교에서 열리는 제례를 본 후 "당상관 후수"라는 명칭을 알게 되었다. 제례복 뒷부분까지도 빈틈없이 수를 놓아 치장하였으니 그 정성이 공자와 성현들의 혼을 감동시키고도 남을 만하다.

　대한민국 황실공예대전 관람을 하는데 머릿속에 각인되어 있던 당상관 후수가 우수상을 받아 눈에 번쩍 뛰었다. 식물의 열매나 꽃, 잎과 뿌리에서 얻은 염료로 염색을 한 후 십장생이나 길상문을 수놓은 솜씨가 대단하다. 화려한 색의 조화는 물론 여인의 손끝에서 나온 정성과 고운 마음씨까지 담겨 있다.
　청색과 황색, 청색과 백색 학이 두 마리씩 4단, 그 사이사이에는 구름문양을, 위쪽은 금환 2개가 달려 있고, 아랫단은 연화문, 밑은 청색 실로 망수와 수술을 짜서 장식을 하였다. 붉은색 끈과 흰 바탕에 검은 띠를 두른 끈이 좌, 우 2개씩 늘어져 있다. 8마리의 학과 망수의 문양과 색이 현대적 감각이다. 신분에 따라 의복의 색이나 문양이 다른데도 당상관 후수는 음식 위에 얹은 고명같이 돋보였다.

고려 시대는 자수가 얼마나 성행하였는지 귀족은 말할 것도 없이 일반 백성의 복식에도 온갖 장식의 자수가 넘쳐나 수차에 걸쳐 국법으로 금하였다는 기록이 있다. 옷에 현란한 금, 은사를 쓰고 병풍, 보료, 수저 집, 골무까지 수를 놓았으니 고려 정종은 비단옷에 금실이 들어간 것을 금했고, 인종은 서민들이 비단옷 입는 것을 법으로 금하였다.
수를 놓을 때 명주실은 가늘고 보드라워 바늘이 가늘고 짧아야 하고 손끝이 고와야 실이 풀리지 않으며 매끄럽게 수를 놓을 수 있으니 양반집 아녀자들의 전용물이었다.

수를 놓는 것도 재료와 시대에 따라 변한다. 언니들의 혼수품으로 만든 횟대 보와 조각 이불, 베갯잇 등은 흰 옥양목에 십자수로 놓았다. 우리 세대는 발이 굵은 옥스퍼드 천에 실이 굵은 불란서 자수를 놓았다. 불란서 자수는 문양이 세밀하지 않고 실이 굵어 꼼꼼하지 않아도 표가 잘 나지 않는 반면 비단천은 얇으며 올이 가늘어 삐뚤어진 바늘땀이 금방 눈에 띈다. 지금은 소재가 다양하고 염색이 빠지지 않으며 프린트가 잘 되어 있어서 전문가나 취미 생활을 하는 사람이 아니면 수를 놓는 사람이 많지 않다.

여인들은 수틀을 잡으면 시인이 되고 화가가 된다. 화조나 산수문을 오색실로 수놓을 때는 시간이 흐르는 것도 애욕 된 삶도 잊어버린다. 여인의 손끝에서 나오는 정성과 고운 마음씨가 담겨 있다.

어느 침선 기능 보유자는 '바늘로 실을 끌어 올리며 울적한 마음을 꼭꼭 찌르기라도 하듯 손을 놀리다 보면 마음이 편안해진다.' 하였다. 수틀 안에는 꿈을 키우고, 시간을 보내고, 사랑을 기다리고, 복(福)과 수(壽)의 염원이 들어있다. 한 땀 한 땀 이어진 문양마다 여인의 정성이 들어있다.

고운 비단 위에 색색의 실을 꿰어 수를 놓고 있는 어느 여인의 섬섬옥수가 그려진다. 발길이 화려하고 아기자기한 당상과 후수에 오래도록 머물러 있었다.

양 모양 청자

국립춘천박물관 제2전시실에는 원주 법천리에서 출토된 한 뼘 크기의 양 모양 청자가 있다. 백제와 관련된 돌널무덤에서 출토되었기 때문에 고분의 제작연대를 파악하는 중요한 단서가 된다. 법천리 돌널무덤에서는 양 모양 청자 외에 청동 자루솥, 발걸이, 말재갈, 금귀걸이, 철기류, 옥, 유리 목걸이, 토기류 등 많은 유물이 출토되었다.

삼국 초기 서역에서 들어 온 유리 구슬은 금보다 귀했고, 금은 왕실 전유물이었다. 출토된 유물의 품질과 내용을 보면 원주에는 부와 권력을 지닌 호족세력이 자리 잡고 있었다.

백제가 남한강 상류까지 진출하여 영역을 확장한 후 백제왕이 지방 수령 중 가장 상위계층에 하사한 것으로 무덤 주인의 성격을 알 수 있다. 또 섬강이 남한강과 닿고 남한강은 여주 신륵사 앞을 거쳐 서해와 연결되어 직접 중국과 교역을 하였을 것이라고 주장하기도 한다.

강과 바다는 문화가 이동하는 통로다. 법천리 유물을 통해서 천 육백 년 전부터 해상 무역을 한 세력과 마한, 백제, 신라로 이어지는 영서 지역의 문화가 변하는 모습을 찾을 수 있다.

양 모양 청자는 약 4세기에 동진으로부터 수입한 것으로 우리나라에는 한 점만 있다. 뜨거운 불 속에서 얼마나 몸부림쳤으면 흙으로 빚어진 몸에서 영롱한 빛을 발하는가! 푸른빛이 돌면서 황색을 띠는 양 모양 청자는 얼굴에 비해 크고 도드라진 눈, 뿔이 눈과 귀를 돌아 등 그렇게 감싸고 있어서 귀엽다. 고개를 살짝 올린 모습이며 콧구멍과 삼각형의 수염, 떨어질 듯 위를 향해 붙어 있는 꼬리가 앙증맞다. 하나의 몸체에 앞다리와 뒷다리가 음각 곡선으로 조각돼있다. 통통한 몸에 비해 다리가 아주 짧게 표현되어 있어 양이 무릎을 꿇고 앉아 있는 형상이다. 정수리에 뚫려 있는 작은 구멍은 향을 꽂기 위해 뚫어 놓았다고 주장하기도 하지만 틀을 짠 뒤 주형을 떠 제작한 것으로 당시의 뛰어난 도자 조형 기술을 짐작하는 단서가 되기도 한다.

양은 환경이 열악한 조건에서도 잘 자라 유목민들이 많이 키운다. 날카로운 발톱이나 이빨이 없고, 뿔로 공격을 하지 않을 뿐만 아니라 시력이 약한 온순한 동물이다. 때문에 착하고 어진 사람을 양에 비유하며 오랜 세월 동안 사람과 친해 왔다. 푸른 초원에 하얀 양 떼들은 상상만으로도 여유롭고 평화롭지 않은가.

양은 신에게 드리는 제물로 받쳐 졌고, 사람에게는 털, 고기, 젖, 가

죽을 제공한다.

　무덤이나 사찰의 앞에 양 모양 돌 조각상을 세우는 것은 사악한 기운을 막고 복을 기원하기 위함이다. 사악한 기운으로부터 무덤을 지키던 양 모양 청자가 세상에 나와 박물관을 지켜주고 있다. 양 모양 청자를 보고 있으면 긴장감이 사라지고 여유가 생긴다. 한 뼘쯤 되는 청자 양 한 마리가 1,600년을 이어가면서 많은 이야기를 전해주고 있다.

　막혔던 일들이 양처럼 순탄하게 풀려나갈 것 같다. 올해가 양의 해이기 때문에 더 정이 간다.

구석기인과 석기

개관시간의 박물관 안은 절간 같이 조용하다. 온도와 습도는 물론 조명까지 유물의 보존에 맞추어 있기 때문에 아늑하고 편안하다.

박물관 봉사를 처음 시작할 때만 해도 석기 유물들은 냇가에서 흔히 볼 수 있는 돌 같아 보여 하찮게 여겼는데 시간이 지날수록 무궁무진한 이야기를 품고 내 곁으로 닦아 온다.

전설과 신화와 풍속을 잃어버린 종족은 자기들이 어디서 왔으며 누구인지 모른다. 유물은 과거와 현재의 시간을 연결해 주는 중요한 단서가 된다.

구석기인들은 맹수와 기온의 변화에 대처하기 위해 주로 동굴에서 생활하였고 강이나 바다를 끼고 사냥과 채집을 하며 하루 중 대부분의 시간을 먹을 것을 구하는 데 소비하였다.

구석기인들은 돌의 크기와 재질, 용도에 따라 도구를 마치 떡 주무르듯 만들어 썼다. 좌우 대칭이 잘 맞은 슴베찌르개, 주먹도끼, 밀개와 긁개…… 무생물인 돌 안에도 질서가 있고 예술성이 녹아 있다.

냇가에 앉아 공깃돌을 만들던 때를 생각하면 돌을 다루기가 얼마나 힘든지 알 수 있다. 오래 쓰려면 단단한 차돌이 좋은데 잘 깨지지 않아 애를 먹었고 부딪칠 때마다 반짝반짝 불빛이 보였다. 조금만 빗맞아도 손을 찧어 손톱이 까맣게 죽었고 큰 돌은 발등을 찍었다. 마무리 단계에서 엉뚱한 방향으로 깨졌을 때는 얼마나 허무하던가!

얼마 전 이라크 지방에서 구석기인의 온전한 뼈가 발견되었다. 놀라운 것은 선천적인 장애를 갖고 태어난 사람이 그 시대의 평균수명을 살았다는 것이다. 강한 자만이 살아남는 자연의 법칙에서 자주 이동을 해야 하는 그들은 육체적으로 강해야만 살아남을 수 있었다. 같은 종족의 희생이 없었다면 생존이 불가능한 일이다.

사람의 생활은 예나 지금이나 크게 다를 것이 없지만 어렵고 힘들게 산 사람들은 정이 더 깊다. 뼈와 함께 주위에서는 보기 드문 여러 종류의 꽃가루도 발견되었다. 매장한 후 애틋한 사랑을 꽃에 담아 치장을 하고 의식이 행하여졌음을 짐작할 수 있다.

우리는 문명의 이기에 빠져 은연중에 약자와 거리감을 두고 차별과 멸시를 하지 않은가! 장애인까지 보듬어 안고 산 그들의 삶이 구수한 커피 향같이 가슴을 따뜻하게 적셔 주고 있다.

그들은 석기 몇 개로 생활을 하였건만 문명이 발달한 21세기 사람들은 더 편하고 좋은 것만 찾아 물질에 치어 살고 있다.

"돌을 왜 여기에 가져다 놓았어요?" 묻는 아이들에게 냇가에서 흔히 볼 수 있는 돌과는 차원이 다르다는 것을 이해시켜야 한다. 백두산에서 화산이 폭발하였을 때 생긴 흑요석이 양구 상무룡리로 이동해 온 경로와 흑요석의 쓰임새까지 설명을 하면 아이들의 눈이 빛난다.

'알면 보이고 관심을 가지면 사랑스럽다.' 석기와 눈을 맞추고 대화를 나누어 본다. 10만여 년을 지켜온 저 돌 속에는 갈둔리에 살던 사람들의 이야기가 담겨 있다. 몸돌에서 떼어낸 흔적들을 찾으며 오늘도 상상의 나래를 편다.

돌이 돌로만 보이지 않는 이유다.

천상의 미소

취미 생활은 시간과 노력과 경제적인 어려움이 따른다. 매일 주어진 일과 속에서도 여유를 가지고 취미 생활을 하는 사람은 참으로 행복한 사람이다. 취미로 모은 물건들을 한데 모아 개인 박물관을 만들거나 기증을 하여 더 많은 사람에게 우리 문화재의 우수성을 알리는 사람들을 존경한다.

말간 유리창 안에는 여러 점의 기와가 천년의 세월을 품고 앉아 있다. 동양사상에서 지붕은 하늘을 상징하고 네모난 방은 땅을 상징한다. 집은 곧 우주의 축소판이니 사람은 우주 한 가운서 하늘과 땅의 기를 받으며 생활하고 있다. 생활공간인 집 안으로 비가 스며들지 않고 흐르도록 흙을 구워 다양한 문양의 기와를 만들어 지붕을 덮었다.

자연과 조화를 이루고 있는 무채색의 기와 골은 마음을 편하게 안정시켜주면서도 통일과 질서의 아름다움을 지니고 있다. 무개감과 성스러움이 배어 있다. 기와 중에서도 가장 돋보이는 것은 끝을 장식하는 수막새와 치미다. 막새는 추녀 끝에 해당되는 특수한 기와로 낙수 물을 효율적으로 흘러내리게 하면서 건물을 깔끔하게 마무리해 주는 기능이 있다.

추녀 끝을 장식하는 막새기와들의 문양이 다채롭다. 경주 영묘사에서 출토된 인면기와는 실눈을 뜬 채 입술을 살짝 들어 올리고 보일 듯 말 듯 미소를 띠고 있다. 이목구비를 따로 만들어 붙인 것이 아니라 손으로 꾹꾹 눌러 입체감을 주었는데도 자애로운 어머니요, 미륵보살의 얼굴이다. "그래, 네 마음 내가 다 알고 있다." 하는 표정이다. 항상 처마 끝에서 합죽이 웃고 있으니 눈이 마주칠 때마다 꼬였던 마음이 스르르 풀어질 듯싶다.

묘음, 호음, 마음의 소리를 지녔다는 가릉빈가. 음이 정직하고, 조화롭고 우아하며, 맑고, 깊고, 풍부하여 그 소리는 음악의 신인 긴나라도 흉내 낼 수 없다고 하였다. 춤과 노래를 즐기는 낙천적인 성격이 들어 있다.

모진 추위를 이겨내고 끊임없이 뻗어가기 때문에 오랜 삶과 강인한 생명력을 상징하는 당초문, 진흙탕 속에서 피어도 혼탁함에 물들지 않고 천년이 지난 씨앗도 심어 가꾸면 꽃을 피운다는 청정과 불생불멸의 뜻을 지닌 도톰한 연꽃, 상서로운 동물인 용과 봉황. 사자는 용맹과 지혜를 겸비해야 밀림의 왕으로 군림할 수 있듯이 불법을 수호하는 동물로 불교와 관련된 유물에 많이 등장한다. 인간 생활을 위협하는 재

앙과 질병 등을 초자연적인 존재의 힘을 빌려 물리침으로써 복을 얻고
자 하는 귀면.

　전시장에서 가장 눈길을 끄는 막새는 중심에 커다란 항아리와 나무
한 그루가 있고 상단 위쪽으로는 꽃으로 장식되어 있다. 이 항아리 하
단 오른쪽에는 덩실덩실 춤을 추는 예쁜 토끼가, 반대쪽에는 등이 우
툴두툴한 두꺼비 한 마리가 익살스러운 모습으로 마주 보고 있다. 모
두가 돋을새김이다. 두꺼비는 날렵하게 생긴 토끼와 대조적이어서 해
학적이며 흥겹다. 달나라에 사는 토끼와 두꺼비의 설화를 막새기와 한
장에 담아 놓아 솔솔 이야기를 풀어내고 있다. 배꽃처럼 소박하고 무
던한 마음씨들이 추녀 끝을 감싸 안고 있다.

　치미는 용마루 양 끝을 장식하는 특수기와로 망새라고도 부른다.
웅장하게 보이는 장식적인 용도 외에 재앙을 피하기 위한 벽사요, 새
꼬리 형태로 하늘의 신과 사람을 연결하는 강녕 사상이 포함되어 있
다. 월지에서 출토된 치미는 보통사람들의 키 만큼 큰 것이 있으니 그
크기를 가늠해 보아 미적인 감각과 건물의 규모, 뛰어난 건축술까지도
짐작하고 남는다.

　규모가 좀 큰 절터를 발굴하면 근처에 기와를 굽던 가마터와 기와
파편이 나온다. 건물은 소실되었어도 기와는 천년의 향기를 품고 있어
명문이 새겨진 기와를 보고 폐사지의 이름을 유추해 내기도 한다.

요즈음은 하늘을 찌르듯 아파트가 들어서고 여유와 멋이 담겨 있는 기와집은 줄어드는 추세다. 기와집이 있어도 쉽고 편리함에 익숙해져서 수작업의 섬세성과 기능을 익힌 막새기와는 보기 힘들다. 편리함뿐만 아니라 경제적인 계산에 의하여 전통방식을 접고 합성수지나 시멘트 기와를 쓰고 있어 무게감이 없고 무채색의 정취를 느낄 수 없어 아쉽다.

아는 만큼 보인다고 크게 마음 쓰지 않았던 기와를 통해 옛 조상들의 뛰어난 장인정신과 솜씨를 보았고 정취를 느낄 수 있었다. 오늘도 전시실을 돌며 기와집 몇 채를 지었다 허문다.

고인돌

국립춘천 박물관 마당에는 아담한 고인돌이 있다. 고인돌은 지상이나 지하 무덤 방위에 큰 덮개돌을 덮은 무덤이지만 간혹 마을의 표지석이나 제단으로 사용된 흔적도 있다. 덮개돌에는 천문관측이나 북두칠성, 별자리, 다산을 기원한 성혈 등이 있다.

세계에는 7만기 정도의 고인돌이 있는데 그 중 우리나라에 약 3-4만기 정도가 있으며 고창, 화순, 강화의 고인돌을 묶어 세계문화 유산으로 지정되었다.

고인돌은 자연과 하나 되어 3,000년 전부터 우리 곁을 지켜왔다. 죽은 사람의 집을 만들기 위해서 마을 사람들은 거대한 돌을 옮겨왔다. 인류는 거대한 돌에 초자연적인 힘이 있다는 주술적인 의미와 조상의 영혼이나 신령 등 영적인 존재가 깃들어 있다고 믿었다. 신앙의 대상이나 마을의 이정표로 또는 신이 되기도 하였다.

거대한 고인돌은 마을의 힘을 상징하기도 한다. 결혼이나 전쟁으로 땅과 세력을 넓혀 가는데 마을 한쪽에 자리 잡고 있는 고인돌이 자기 마을의 고인돌보다 월등히 크면 무기를 거두고 스스로 물러갔다 한다.

고인돌은 바위 밑에 낭떠러지가 있으면 떼 내어 운반하기가 편하다. 암석의 틈새에 나무쐐기를 박고 물을 부으면 나무가 팽창하면서 절단되어 낭떠러지로 떨어진다. 지렛대와 통나무 굴림대를 이용하여 운반하고, 흙으로 덮은 경사면을 따라 받침돌 위까지 끌어 올린 후 덮였던 흙을 파내고 매장을 하였다고 본다. 기계의 힘을 빌리지 않고 사람의 힘으로 그 큰 돌을 운반하는 것은 불가능에 가깝다고 생각한 사람들이 다른 혹성에서 온 우주인이 축조하였다는 이야기를 꾸며 내기도 한다.

내가 자란 파주에는 마을 뒷산 양지바른 곳에 커다란 돌이 여러 개 있었다. 너른 돌은 안방 아랫목같이 따뜻하고 깨끗하여 빙 둘러앉아 잡담하고 술래잡기를 하기에도 안성맞춤이라 아이들의 놀이터였다. 평평한 돌 위에 산나물이 마르고 가을에는 빨간 고추가 볕을 쬐고 있었다.

어느 날 낯선 사람들이 모여들더니, 묻혔던 돌을 파내고 지렛대를 이용해 탁자형 고인돌이 여러 개 만들어지고 난간이 쳐진 후, 도 지정 문화재표지를 세웠다. 그때는 무덤이라는 상상을 못했다.

난간이 쳐져 있기도 하지만 무덤이라는 생각을 하니 무덤 속 혼이 해코지할 것 같은 생각이 들어 근처에서 노는 것이 뜸해졌다.

새마을 사업이 일어나기 전만해도 우리는 먹고 사는 일이 우선이라

문화재에 관심을 기울일 여력이 없었다. 근대화 과정을 거치면서 논, 밭을 차지하고 있는 고인돌은 농지 정리를 할 때 이리저리 옮겨지고 부서졌으며 사력댐 건설로 물속에 잠기기도 하였다.

강원도에는 420기 정도의 고인돌이 있다. 강원도 기념물 4호인 천전리 고인돌은 일제 강점기인 1915년 우리나라에서 최초로 발굴 조사를 하였다. 다량의 무문 토기 편과 석촉, 관옥, 공열 토기 (천전리 4호분) 등이 출토되었다.

제일 큰 고인돌 위에는 성혈 자리가 있는데 갈아 마시면 아이를 갖는다는 속설이 있어 불임여성이 주술적 힘을 믿으며 돌을 갈아 마셨다고 전한다. 그곳에는 고인돌이 무리를 이루고 있었으나 소양강 다목적 댐을 만들 때 끌어다 물막이 공사로 쓰고 현제는 5기가 남아 있다.

천전리 고인돌의 성분을 분석한 결과 마적산에서 옮겨온 것이라고 하니, 그 당시 거대한 돌을 옮길 만큼 강력한 집단이 거주하였다고 본다. 천전리는 높은 산이 요새처럼 둘러있고 넓은 들이 있으며 앞으로 강이 흐르는 최상의 거주지였다.

맥국은 도성을 쌓은 흔적과 유물이 출토되지 않아 그 존재를 인정하지 않지만 언젠가는 맥국도 세상으로 들어나 실존국가로 인정받는 날이 올 것이다. 지금 춘천은 신시가지에 많은 인구가 집중이 되어 있고 천전리는 한적한 시골이다. 천전리 고인돌은 비닐하우스 옆에 초라하게 서 있지만 역사가 숨 쉬고 있는 문화유산이다. 고인돌을 만든 사람들과 맥국이 빛을 볼 날이 올 것이다.

하늘 꽃으로 열리는
깨달음의 소리 「종 특별전」

　전시실을 들어서면 멀리 산사에서 들려오는 듯 웅장하면서도 고요한 종소리에 마음이 풀어진다. 작은 종은 전시가 쉬우나 크기와 무게가 나가는 중요한 종은 사진과 탁본으로 전시가 되어있다. 전시실을 들어서면 상원사 동종 탁본이 실물 크기로 방문 객을 맞고 있어 먹 향과 무채색이 주는 무게감에 편안함을 느낀다. 시대별로 전시가 되고 있어 신라와 고려, 조선으로 이어지는 종의 변천과 특징을 읽을 수 있고 주조하게 된 사연이 담겨 있다.

　종의 기원은 BC 4세기경 대전 괴정동 출토 큰 방울에서 찾는다. 종은 부처님의 진리가 온 누리에 퍼지고, 대왕의 공덕이 전 국토에 퍼지게 하는 호국의 뜻이 담겨있다. 종을 만들기 위한 발원 자와 시주자, 주조장이 기록되어 있는 것으로 보아 종을 만들고 시주를 함으로써 부처님의 공덕을 믿었던 것이 아닐까?.

종은 소리가 장엄하면서 청아하고 음통, 연곽, 종유, 당좌, 비천…
몸체와 조화를 이루며 아름다워야 하는 종합 예술품이다. '소리는 하
늘과 지옥 세계까지 메아리쳐 보는 사람은 기이함을 칭송하고 듣는
자는 복을 받는다.' 하였다. 은은하게 퍼지는 종소리는 모든 소리를
잠재우고 마음에 있는 나쁜 기운을 날려 보내 번뇌를 끊어 주고, 세파
에 찌든 몸과 마음을 청정하게 씻어준다.

우리나라의 국보 종으로는 상원사 동종,(국보 제 36호) 선덕대왕 신
종(국보 제29호), 천흥사 종(국보 제280호) 용주사 종(국보 제120호)이
있다.
용주사 종은 정조의 효심이 담겨 있다. 효심이 깊은 정조는 아버지의
묘를 융건릉으로 이장한 후 능침사찰로 꿈에 여의주를 물고 있는 용
을 보았다 하여 길양사 터에 용주사를 세우고 장조의 위패를 모셨다.

성덕대왕 신종은 일명 에밀레종이라고도 불리며 경주박물관 뜰에 있
고 통일신라의 대표적인 종으로 가장 크다. 에밀레~ 에밀레 소리가 간
절하여 아이를 넣었다는 전설이 전해지지만 종에서 사람의 뼈를 형성
하는 인 성분이 나오지 않았다. 28년이란 긴 세월 동안 종 만들기에 매
달리다 보니 그런 전설이 만들어졌나 보다.
경덕왕이 아버지인 성덕왕의 공덕을 널리 알리기 위해 만들었으나
종의 완성을 보지 못하고 아들인 혜공왕 때 완성이 되었다. 종신에 있
는 비천상은 연화좌에 한쪽 무릎을 세우고 향을 공양하는 모습으로
신라 종에서 볼 수 없는 상이다.

상원사 동종은 신라 선덕왕 때 주조되어 절에 있었으나 조선 초기 배불정책으로 안동부 남쪽 문루로 옮겨졌다. 상원사는 세조의 피부병 치료와 관련이 깊은 절이다. 상원사에 봉안 할 종을 찾던 중 안동부 문루에 있던 종이 선종 되었고 세조가 승하한 후 예종 원년에 상원사에 도착을 하였다. 안동부에서 종을 마차에 싣고 오대산 상원사로 옮기던 중 죽령 고개에서 쉬게 되었다. 종은 안동을 떠나기 싫었는지 움직이지 않아 36개의 종유 중 하나를 떼어 안동으로 보내니 종이 움직였다는 설화가 있다. 무생물인 종마저 한 번 맺은 인연을 소중히 여겨 지금까지 종유를 떼어낸 아픈 상처를 안고 있다.

종은 다양한 높이의 음파진동수가 있어 아름다운 소리가 길고 넓게 퍼지려면 종의 크기와 두께, 광물의 함량 등 기술적으로 많은 어려움이 있다. 범종을 만들기 위해서는 시주를 받으러 전국을 돌며 고행하시는 스님이 계시고, 시주하는 사람의 마음과 물건이 청정해야 하고, 주조장의 정성과 믿음이 있어야 한다. 과학적으로는 도저히 풀 수 없는 아름다운 소리는 오로지 맑은소리를 찾아 쇠를 녹이고 붓기를 반복하는 정성이 하늘을 감복시켰기 때문이다.

마치 살아서 하늘을 나는 것 같이 생동감이 있는 돋을새김 주악 천인 상, 연곽과 종유, 당좌, 화려한 당초무늬… 얼마나 짜임새 있고 예쁜지, 보고 있으면 아! 하는 탄성이 절로 나온다.

새해의 소망을 담아 보신각종을 치며 한 해를 열듯이 종소리에는 기원이 담겨 있다. 밝은 소리, 하늘 꽃으로 열리는 깨달음의 소리, 희망의 소리 되게 하소서….

부원군 상여와 상여 장식

국립춘천박물관 전시실에는 1675년에 제작되어 현재까지 전해오는 상여 중 가장 오래된 청풍부원군 상여와 요여, 명정대, 만장대, 운삽, 불삽이 있다. 청풍부원군 상여는 세종실록 오례의 규정대로 귀후소에서 만들어 숙종이 외할아버지인 청풍부원군께 하사하신 대여다. 당시 궁중 상여 양식을 살필 수 있는 매우 중요한 자료로 중요민속자료 120호로 지정되어 있다.

시신을 묻은 뒤에 혼백과 신주를 모시고 돌아오는 작은 가마 요여, 망자의 관직과 성씨를 적은 명정대, 망자를 애도하여 지은 추모 글을 비단이나 종이에 적어 기처럼 만든 만장, 발인할 때 영구의 앞뒤에 서서 사악한 기운을 쫓아내는 구름무늬가 있는 부채모양 운삽. 상여의 앞뒤에 세우고 가는 제구로 아(亞)자를 그린 불삽이 있다.

청풍부원군 김우명은 조선 중기의 문신으로 현종의 왕비 명성왕후의 아버지다. 대동법을 만드신 김육의 둘째 아들이며 춘천이 낳은 작가 김유정의 9대 조며 묘는 춘천시 안보리에 있다. 상여는 안보리 마을에 보관되어 있었고 마을에 초상이 났을 때는 주민들이 빌려 썼다.

상여를 본 적이 없는 아이들은 와~ "임금님이 타시던 가마다" 하면서 호기심에 상여 앞으로 모여 든다.

상여에는 효(孝) 와 예(禮)가 담겨 있으며 옛 어른들의 정서가 녹아 있다. 고향의 풍경 한 자락 속에는 동구 밖 멀리까지 길고 길게 이어지던 상여 행렬이 숨어 있다. 상여가 집을 떠나 장지로 향할 때, 인생무상과 애절함을 담아 선소리꾼이 요령을 흔들며 선창을 하면 상두꾼들이 후창을 하였다. 명정대와 만장이 펄럭이고 모두가 가난하고 힘든 삶이었기에 상여 나가는 소리에 내 설움까지 보태져서 눈물을 흘리며 문밖으로 나와 이승에서의 마지막 가는 길을 배웅하였다.

혼인날 타는 가마보다 저승 가는 길에 타는 상여를 더 곱게 꾸민 것은 내가 이승에서 누리고 싶은 세상을 저승으로 가는 망인을 통해 간절히 빌고 있는 것이 아닐까?

붉은 명주실을 꼬아 매듭을 짓고 술을 길게 단 유소와 천으로 장식한 진용, 양쪽 옆에는 오색구름과 연꽃을 화려하게 그려 넣었고 봉황을 수놓아 내려뜨렸다. 위 난간의 네 귀에는 천계가 머리를 하늘로 들어 잡귀를 쫓아주고, 앞면과 뒷면을 장식한 용수판에는 청룡과 황룡이 나쁜 기운을 막아주며 가운데는 나무 조각 꼭두가 장식되어 있다.

꼭두는 경계의 영역으로 꼭두새벽은 밤과 낮이 만나는 시간이고, 꼭두서니는 이승과 저승을 연결시켜 주는 존재다. 캄캄한 길을 안내하고 나쁜 기운을 물리치며 남은 자의 슬픔을 위로해 주고, 죽은 영혼을 달래주는 일을 한다. 세련되고 정교하게 만들지는 않았지만 죽은 사람을 편히 보내려는 마음과 정성이 담겨 있어 따뜻하다.

죽은 자를 지켜주기 위하여 위협적으로 눈을 치켜뜨고 입을 꾹 다문 채 무기를 든 무사 꼭두, 얌전하게 두 손을 모으고 밝은 표정을 짓고 있는 시종 꼭두, 슬픔을 잊게 하기 위하여 피리를 불고 있는 악사 꼭두, 호랑이를 타고 있는 삼천갑자 동방삭도 있다.

관혼상제 중 가장 변화가 느린 것이 상례지만 지금은 간소화되어 상례의 의식에서도 옛것을 찾아보기 힘든 편이다. 사람이 죽으면 지붕 위에 올라가 죽은 사람의 옷을 잡고 복을 불러 떠나는 혼을 불러드리는데 병원에서 죽음을 맞이하니 떠났던 영혼은 시신 안치실을 찾아 돌아올 수 없을 것이다.

초상이 나면 남자들은 마당에서 상여를 꾸미고, 여자들은 수의와 상옷을 짓고, 음식을 만들며 장례기간 내내 마을 사람들은 한마음이 되어 큰일을 치렀다. 술이나 식혜 동이를 이고 갔고, 북어와 한지, 쌀을 저마다 형편이 되는 만큼 성의를 표시하며 내일처럼 슬픔을 함께 나누었다.

지금은 매장보다는 화장을 선호하는 편이고 장례절차도 시대에 맞게 변하고 있다. 전시실에 있는 빛바랜 상여는 자라는 아이들에게 우리의 전통문화를 가르쳐주기 위한 소중한 유물이다. 예(禮)를 다해 장례를 치루는 것은 효(孝)의 기본이다. 죽은 자가 산자를 가르치고 있다.

삼엽 환두대도

국립춘천박물관 제2전시실에는 만지면 부서질 듯 부식이 된 환두대도가 전시되어 있다. 베어내기 위해 태어난 칼이지만 백 마디의 말을 품고 있어 가만히 귀를 기울이면 그가 살아온 이야기가 줄줄이 쏟아질 것 같다. 사연이 많을수록 그 내면의 아름다움이 진하게 울림을 준다. 범접하지 못할 위엄으로 다가오는가 하면 때로는 온기를 주기도 한다.

사인 검은 인연(寅年), 인월(寅月), 인일(寅日) 인시(寅時) 인자가 네 번 겹치는 시간에 맞추어 쇳물을 부어 만든 보검으로 귀신도 능히 물리칠 수 있다는 주술용 검이다. 조선 태조 때부터 제작하였으며 왕이 장수를 신뢰한다는 표시로 장수들에게 하사하셨다. 그 검은 군사들의 생사여탈권까지 들어 있다.

대한민국에서도 장성진급을 받은 장성들에게 별을 달아주며 실전에서는 쓰지 않고 호신용이며 권위를 상징하는 '삼군이 통일, 호국, 번

영의 뜻을 기려 나라를 지키고 국민을 보호하라.' 고 삼정검을 내린다. 삼정검 한쪽 면에 '산천에 악한 것을 베어내고 바르게 하라' 는 글귀가 새겨져 있다.

칼과 창 같은 철제 무기는 강력한 군사력을 갖추게 되고 작은 부족 국가들은 전쟁으로 합쳐졌다. 우리나라 철기의 시작은 중국과 밀접한 관계를 가지고 있다. 중국의 정세변화에 따라 유민들과 이민들이 철기를 가지고 들어오면서부터 시작되었고 기원전 3세기 무렵쯤 북쪽에서 시작하여 기원전 1세기경에는 낙랑군 설치 이후 한반도 전역에 확산되었다.

손잡이 끝부분에 둥근 고리가 있는 환두대도는 삼국시대부터 널리 사용하였다. 칼과 칼집에는 다양한 장식이 들어가고 손잡이 끝 고리 안의 장식형태에 따라 칼을 사용한 주인의 지위나 신분을 알 수 있다. 고리 안에 아무것도 없으면 소환두대도, 세 잎이 벌어진 모양이면 삼엽환두대도, 둥근 고리 세 개를 품(品)자형으로 붙였다면 삼루 환두대도, 용이 있으면 용환두대도, 봉황이 있으면 봉황환두대도, 등 형태에 따라 구분을 한다.

천안 용원리 1호분 출토 용봉문환두대도는 둥근 고리 부분에 금판을 정으로 박아서 용의 비늘 모양을 입체적으로 화려하게 표현하였으니 무기보다는 신분을 나타내는 상징성이 더 크다고 본다.

강원도에서는 유일하게 강릉 경포호 근처 고분에서 출토된 삼엽환두대도는 경주 지방의 고분에서 출토된 것과 모양과 크기가 비슷해 같은 곳에서 생산된 제품인 듯하다. 경주에서 볼 때 강릉은 중요한 거점 지역이므로 신라의 지배 아래 있는 세력가들의 위례 품이거나 하사품으로 외교 신임장과 같아서 그 시대의 사회구조를 연구할 수 있는 귀중한 자료가 된다.

철제품은 중국을 통해 수입되었기 때문에 철제품이 출토되었으니 철을 생산하였다고 단정 짓기는 어렵다. 철 괴, 송풍관(送風管), 쇠 찌거기(slag) 집게 등 철을 생산할 때 필요한 도구가 같이 출토되어야 철을 생산하였다는 믿음이 간다. 동해 망상동 유적은 송풍관이나 슬러지가 같이 출토되어 직접 철을 생산하였음을 알 수 있다.

철을 뽑아내려면 용광로의 열을 천도 이상 높여야 하고 높인 열을 오랫동안 꾸준히 유지하려면 나무가 아닌 백탄을 사용한다. 온도를 높이고 오래 유지하는 기술의 발달은 높은 온도로 굽는 도자기를 만들어 낼 수 있기 때문에 철제품 생산과 도자기는 생활에 획기적인 변화를 가져왔다.

철로 만든 제품을 생산하는 방법으로 거푸집에 쇳물을 부어 제품을 생산하는 주조와 불에 달군 다음 망치로 두드리고 담금질을 반복하여 원하는 제품을 만드는 단조가 있다. 달군 무쇠를 넓적하게 두드려 펴고 접기를 반복하며 담금질을 많이 할수록 칼날을 오래 쓸 수 있기 때문에 칼날 부위만은 담금질을 더 해 단련시킨다.

한 자루의 칼은 보는 사람에 따라 서릿발같이 매섭고 단호한 무기지만 널리 보면 장인의 혼이 담긴 종합 예술품으로 아름다움을 지니고 있다. 용광로의 열기와 망치 소리는 사라졌지만 전시실에 있는 환두대도가 동해의 찬란했던 철기문화를 보여주고 있다. 역사란? 현재와 과거의 끊임없는 대화다.

제3부

매실 따던 날

천국의 우표는 어디서 팔까?

천국으로 보내는 우표는 어디서 팔까? 지금쯤, 의사가 꿈이라던 너는 하얀 가운을 입고 환자들을 돌보며 천국의 꽃밭을 거닐고 있겠지?

네가 몹시 보고 싶을 때는 편지를 썼다. 보고 싶은 마음이 간절해 하늘을 감동시키면 엄마의 마음이 전해질지도 모른다는 생각에 읽고 또 읽다가 옥상으로 올라가 태워버렸다.

잠자듯 고운 너의 모습을 보고 하늘이 무너지는 소리를 믿지 못했다. 벌떡 일어날 것 같았고, "엄마 학교 다녀왔습니다." 하며 들어설 것 같아 눈물 한 방울 나오지 않았다. 땅이 빙빙 돌고, 삼킨 물이 도로 올라왔다. 아니, 머릿속이 하얗게 비어 아무 생각도 나지 않았고 아무 소리도 들리지 않아 그냥 두 다리 뻗은 채 넋을 놓고 앉아 있었다. 삶의 끈을 놓아 버리고 싶은 순간이었다.

아빠는 눈물 한 방울 흘리지 않고 목석처럼 앉아 있었지. 아이들을 무척 좋아하고, 특히 너를 가장 예뻐하던 아빠가 아니더냐. 허기지면 제 새끼도 잡아먹는 냉정한 동물의 세계가 생각나 소름이 끼쳤다. 너의 물건이 보일 때마다 없애기를 주저하지 않았고, 아무렇지도 않게 때가 되면 꾸역꾸역 밥 먹고 시간 맞추어 출근하는 모습이 미워 일부러 너와의 추억을 들춰내며 상처를 주었다.

어느 날 자정이 지났을 무렵, 초인종이 울려 뛰어나갔더니 경찰관이 만취한 아빠를 부축하고 대문 앞에 서 있었다. 경찰 말로는 봉의산에서 괴성이 들린다는 신고가 들어와 가보니 과장님이 쓰러져 계셔 집으로 모시고 왔노라고…. 목이 쉬어 말을 못 하는데 눈물, 콧물이 묻어 흙 강아지가 된 얼굴, 손에는 으깨진 딸기가 들려 있었다.

너는 딸기를 참 좋아했었지. 딸기 맛 아이스크림과 딸기 맛 샤베트도 좋아했고.

깊은숨을 토하며 곯아떨어진 얼굴에는 몇 달 새 주름이 깊게 파이고 머리가 하얗게 세어 있었다. 가족 앞에서는 눈물조차 흘릴 수 없었던 너의 아빠. 얼마나 울었으면 잠결에도 어깨를 들썩이며 훅! 숨을 몰아쉬었겠니. 그 후 우리는 너를 가슴 깊이 밀어 넣었다.

너는 어렸을 때 순둥이였고, 얼굴이 유난히 희고 피부가 고와서 보는 사람마다 예쁘다고 하였지. 형제들한테 양보도 잘 하고 입맛이 까다로운 것 말고는 하나도 나무랄 것이 없었다. 제 일은 스스로 알아서 하였기에 큰소리 한번 치지 않은 착한 딸이었다.

6살 때, 유치원 벽에 붙어 있는 시조를 줄줄 외워서 주위 사람들을 놀라게 하였고. 천재가 태어났다고, 방송에 데리고 나가보라는 말을 들었을 때는 하늘을 날고 있는 것 같았단다. 전교 부회장을 할 만큼 활동적이었고, 공부도 잘하고, 미술, 글짓기…… 너의 작품을 모아 책으로 출판하였을 때는 펄벅을 능가하리란 기대도 하였단다.

네가 떠난 후 엄마는 겸손이라는 단어를 배웠다. 네가 우리 곁을 떠난 것은 어쩜, 주변머리 없는 엄마가 어려운 세상을 쉽게 살아가라고 단련을 시키기 위함일지도 모른다는 생각이 들었다. 지금은 40대로 접어들었겠지만 엄마의 가슴속에는 늘 삐삐 모습으로 남아있단다.

너는 때 묻지 않은 어린 영혼이니까 천국에 있겠지. 엄마는 훗날 활짝 웃으며 마중 나올 너를 만나기 위해 천국에 가려고 노력하고 있단다.

정미야, 13년이란 짧은 인연이었지만 엄마는 네가 있어서 정말 행복했다.

큰꽃으아리가 참 곱다

등산길, 가파른 언덕을 올라 편편한 산길을 걷는데 칡꽃같이 달콤한 향이 난다. 도시 생활을 오래 하다 보니 칡꽃에 관심을 두지 않고 살았는데 고향의 냄새로 다가온다. 요란스럽지 않아서 좋다. 칡꽃이 필 시기는 이르다는 생각이 들어 주위를 살피니 덩굴 사이에 조화를 달아놓은 듯 아이보리색 꽃 두 송이와 탐스러운 관모가 눈에 띈다.

나무를 따라 시선이 머문 곳에는 바닐라 향이 나는 큰꽃으아리가 손짓하며 환하게 웃고 있다. 어쩜 저리 고운가!

큰꽃으아리는 봄에 나물로 뜯어 먹었다는 생각만 했지 저렇게 고상한 꽃이 필 줄은 몰랐다. 꽃, 향기, 씨앗까지 완벽하게 조화를 이루고 있다. 향이 너무 강하거나 색이 진한 꽃은 쉽게 싫증이 나지만 부드러운 간색은 마음을 편안하게 해준다.

큰꽃으아리를 보는 순간 우리 집 담 밑에 심고 싶다는 욕심이 생긴다. 여러 사람이 보고 있지 않은가? 산나물을 채취하는 것으로 끝나지 않고 뿌리째 캐가기 때문에 씨가 말라가고 있다고, 산나물 채취를 막지 않은가. 이른 봄이 아니고 더운 날씨에 꽃이 핀 것을 옮겨 심으면 죽을 것이다. 위치를 잘 기억해 두었다가 이른 봄에 캐갈까? 머릿속은 으아리 생각으로 가득 차 있다.

큰꽃으아리는 생명력이 강한지 단독주택에서도 잘 크는 것 같다. 교동초등학교로 넘어가는 길에 연두색 철책으로 울타리를 한 이층집에도 큰꽃으아리가 바닐라 아이스크림 향을 풍기고 있어 관심이 간다. 산에서 본 것과 같은데 대궁이 아주 실하고 줄기가 넓게 퍼져있어 으아린 줄 몰랐다. 선녀님들이 꽃으로 환생하셔 그리 깨끗하고 향기로운가? 해거름에 운동을 나갈 때마다 한참씩 향을 맡는다.

큰꽃으아리를 보는 순간 전원주택을 짓고 사는 친구 집이 생각났다. 파란 잔디와 여러 가지 정원수가 잘 가꾸어져 있다. 잔디 사잇길에는 보폭에 맞게 넓은 판석이 드문드문 깔려있고, 현관 앞에는 꽃 터널이 있어 운치를 더해준다. 보라와 진홍, 옅은 핑크, 제 각색인 꽃이 한데 어우러져 사열한다. 줄기가 엉키고 꼬여 있어 한 줄기에 여러 색의 꽃이 피는 줄 알았는데 색이 다른 으아리를 심었단다. 분홍과 보라, 자주와 흰 꽃이 어우러져 조화를 이룬다. 귀한 외래종인 줄 알았더니 나물로 뜯어 먹던 그 으아리를 개량한 것이란 말에 깜짝 놀랐다.

야생은 향이 짙고 생명력이 강해 관상용으로 많이 개량한다고 한다. 여러해살이로 삼 년 전에 심었는데 신경을 쓰지 않아도 그늘막으로 쓸

만큼 세를 넓히며 많은 꽃을 피워 이른 여름부터 행복하단다.

창문을 열면 달콤한 향기가 스며들고, 햇빛을 받은 꽃은 표현하기 어려울 만큼 오묘한 빛을 내기 때문에 아침마다 한참씩 으아리와 눈 맞춤을 한단다. 꽃도 예쁘지만 꽃이 진 다음에 은발의 관모가 더 예쁘니 꼭 한번 와서 봐야 한다는 친구의 말이 생각난다.

조물주는 종족번식을 위해 산나리나 동자꽃처럼 멀리서도 눈에 잘 띄는 꽃을 주셨고 큰꽃으아리에게는 달콤한 향기를 주셨나 보다. 티 한 점 없이 깨끗한 꽃을 보는 순간 리설주의 모습이 떠올랐다.

사상과 이념을 떠나서 여자의 눈으로 보아도 부러울 만큼 우아하다. 뒤로 넘긴 머리가 늘 단정해 보인다. 화장을 한 듯 안 한 듯한 투명한 얼굴, 수수한 민무늬 정장에 무릎을 살짝 덮는 고상한 옷차림, 부드러운 눈빛, 미소 띤 얼굴과 반발 짝 물러서 걷고 있는 조용조용한 몸짓을 보면 품위가 있다.

부족한 게 무엇이 있겠는가? 하지만 요란한 치레걸이를 하거나 치장을 하지 않았기에 돋보인다. 내면에서부터 향기가 은은하게 풍겨 나오는 것 같다. 세 아이의 엄마라는 게 믿기지 않는다.

꽃이 질 때는 추하지 않고 깨끗하다. 소로로 꽃잎이 떨어진 자리에는 탐스러운 관모가 나풀거린다. 올마다 엷은 분홍빛을 띤 관모는 시간이 지날수록 은빛으로 반짝인다. 날아갈 준비를 하며 익어가는 관모를 처음 보는 사람은 꽃이라고 착각할 것이다. 친구 집에서 으아리를 보지 않았더라면 나도 꽃이라고 생각하였을 것이다.

희망, 기쁨, 슬픔, 두려움 같은 감정이나 태도가 우리 몸과 생활에 많은 영향을 끼친다. 고운 것을 보고 향기를 맡는 것은 보약을 먹는 것과 같다. 사람도 외모보다는 내면에서 풍기는 아름다움이 오래간다.

오늘 산행은 큰꽃으아리를 본 것만으로도 행운을 얻었다. 곱게 늙고 싶다.

음악에 푹 파묻혀 행복했던 시간

　세종문화회관에서 열리는 연주회를 갈 기회를 잡았다. 시골 사람들은 연주회를 접할 기회조차 없고, 설령 있다 한들 쌀 서너 말값이 넘는 입장료에 엄두를 못 낸다.

　오백 석이 넘는 객석이 꽉 차 있어도 숨소리 하나 들리지 않는 그 분위기에 압도되었다. 제1악장은 모차르트의 클라리넷, 비올라와 피아노를 위한 삼중주가 연주되었다. 이 곡은 모차르트의 피아노 3중주 가운데 악기 편성과 악장 구성이 특이한 곡이다.

　모차르트가 1786년 친하게 지내던 자캥 집안의 딸인 프란스카 자캥을 위하여 쓴 곡이다. 클라리넷의 부드럽고 아름다운 선율에 어울리는 주제로 장식적인 꾸밈이 인상적이다. 푸른 초원이 눈 앞에 펼쳐진 듯 조용하고 평화로운 느낌이다. 작은 망아지들이 평화롭게 풀을 뜯는데 가끔가다 짓궂은 한 놈의 장난에 망아지들이 놀라 뛰듯이 긴장감이 돈다.

　세 악기가 어우러져도 좋고 각자 맡은 파트를 연주하면, 그 악기의 매력에 푹 빠질 수 있어서 더 좋다. 클라리넷의 독주는 양철지붕 위에서 통통 튀던 빗방울이 어느새 억수로 퍼붓는 소나기처럼 거세지다가 는개비 내리는 무릉도원을 거닐고 있는 것 같이 부드럽게 흐르기도 한다. 220년이란 세월이 지났어도 명곡은 시대를 초월해 많은 사람의 가슴을 적셔 준다.

　제2막에서는 차이코프스키의 "위대한 예술가의 추억"이 연주되었다. 차이코프스키의 실내악곡 중 가장 많이 연주되는 곡이다. 러시아를 대표하는 피아니스트이자 지휘자며 교육자인 니콜라이 루빈슈타인의 죽음을 애도하려 작곡한 작품이다. 피아노 파트가 장대하고 수려하게 쓰여졌다. 두 개의 악장으로 되어있는 피아노 3중주도 이례적이지만 규모가 큰 변주곡이 실내악에 삽입된 것도 드물다.

　내가 지금까지 들은 피아노 연주는 손장난에 지나지 않았다는 느낌을 받았다. 어디서 그런 힘이 났을까? 피아노와 한 몸이 되어 리듬을 타며 쾅쾅 울릴 때는 온몸의 떨림으로 막혔던 내 심장이 펑 뚫어져 통쾌함까지 느꼈다. 힘이 있고 빠른 울림 속에서도 슬픔이 묻어 나온다. 슬픈 감정을 승화시키면 그것은 아름다움과 맞닿아있고 그 아름다움은 우리를 행복하게 한다.

　가느다란 물줄기가 골짜기를 돌며 졸졸 흐르는가 하면 폭포를 만나 세차게 쏟아지고 리드미컬하게 도는 모습이 눈 앞에 펼쳐지는 느낌이다. 바이올린이 흐느끼듯 애절하게 연주된 후 피아노만 남아서 희미하게 꺼져가듯이 막이 내린다. 작곡가의 실력이 절정에 다다랐을 때의 면모를 유감없이 보여준 작품이다.

제3막의 앙코르 송은 때가 때니만큼 크리스마스 캐럴이 흥겹게 이십 대로 데려다준다. 성탄전야는 일시적으로 통행금지가 해제되었기 때문에 밤새도록 먹고, 마시고, 캐럴을 따라 부르며 젊음을 분출했다. 세상은 우리 차지였다.

연주회가 끝나도 선뜻 일어서는 사람 없이 박수 소리만 끝없이 이어지고 있다. 살기에 바쁘다는 핑계로 메말랐던 가슴에 펌프질을 하니 뜨거운 피가 돈다. 찜질방을 나서듯 몸이 날아갈 것 같이 가뿐하고 한 이십 년쯤은 젊어진 것 같은 느낌이다.

나이 들어 악기 하나쯤 멋지게 다룰 수 있도록 배우지 못한 것이 후회된다. 학생 때 적성검사를 한 결과 음악 부분이 꽤 높게 나왔는데 그 시절에는 아이의 소질과는 상관이 없었다. 졸업장은 좋은 직장이나 혼처를 구할 때 필요한 보증수표와 같은 역할을 하였다.

성격이 외향적이라 여자들의 소꿉놀이보다 남자들의 자치기에 더 관심이 갔지만 부모님은 여자다움을 강조하셨다. 말씨, 솜씨, 맵시, 마음씨가 고와야 된다는 고정관념에서 벗어나지 못하고 여자의 목소리가 울 밖으로 벗어나는 것을 허락지 않으셨다. 집에서 노래를 부르는 것은 감히 엄두도 못 내고 살았다. 그래서인지 성인이 된 지금도 자신

있게 부를 수 있는 곡이 없어 난처할 때가 있다.

　정말 공부를 더 하고 싶었는데 여자가 그만큼 배웠으면 됐다. "많이 배우지 못해 무식하지만 많이 배운 너보다 낫다." 살면서 몸으로 익힌 삶의 지혜를 유식하다고 믿는 어머니의 말에 대학을 가고 싶다는 말을 꺼내지 못하였다.

　나이가 들어도 음악에 대한 미련은 가슴 한 편에 남아있어 연주나 악기에 관심이 있다.

　어느 시골 마을의 농부로 구성된 록 밴드 파머스들에 대한 휴먼 다큐멘터리를 보게 되었다. 낮에는 힘든 농사일을 하고 밤늦게까지 연습하는 모습은 큰 충격이었다. 그들의 열정은 가지 않은 길에 대한 미련일 거라는 생각을 하면서도 나이를 잊고 열악한 환경에서도 좋아하는 것을 할 수 있는 그들의 용기가 한없이 부러웠다.

　오늘 무대에선 연주자들은 원하던 일을 힘들게 마쳤을 때의 희열감이 그들의 몸짓에서 풍겨 나왔다. 화려한 조명 아래 우아한 드레스를 입고 연주하는 그 들을 늘 공주라고 생각했는데 땀을 뚝뚝 흘리는 모습이 중노동을 한 사람만큼 힘들게 느껴졌다. 열연 후 우레와 같은 박수를 받고 환희에 젖은 모습을 보니 이게 바로 성취요, 행복이구나 싶었다.

　바이올린의 대가이신 정경화 님은 "연주자는 바이올린을 손에 잡은 그 순간만큼은 듣는 사람의 영혼과 서로 연결되어 있다는 확신을 지녀야 한다." 하셨다. 악기와 한 몸이 되어 손가락 끝으로 청중을 휘어잡아 연화세계로 인도한다. 삶의 고단함을 풀어놓고 나니 내 마음이 몽돌같이 부드러워진 느낌이 든다. 행복하다.

매실 따던 날

선반 위의 매실 항아리로 자꾸만 눈길이 간다. 매실을 설탕에 재운 후 100일 정도의 숙성기간을 거쳐야 제맛을 즐길 수 있다기에 기다는 중인데 선생님의 부음을 들었다. 싫다는 내게 한사코 들려주신 매실이라 가슴이 저려왔다.

교직 생활을 떠나 귀농을 하신 선생님은 '6시 내 고향' 프로에 소개가 되실만큼 성공한 삶을 사신 분이다. 돌을 모아 손수 담을 쌓고 집을 지어 풍경을 달아 멋을 냈으며 들꽃을 키우셨다. 시시각각 변하는 자연을 카메라에 담아 카페에 올려주셔서 꽃이 피고 지는 모습을 보며 고향을 향한 갈증을 풀 수 있었다.

예후가 좋지 않은 췌장암이라고 하지만 춘천호가 펼쳐진 청정지역에서 손수 농사를 지으며 여유로운 생활을 하시기 때문에 회복되리라 믿었다.

자신의 죽음을 예감하셨을까? 사람은 언제 어떻게 될지 아무도 모르기 때문에 늘 욕심을 줄이고 마음을 비워야 편하게 죽을 수 있다며 죽는다는 말을 자주 들먹이셨다.

10월쯤 수필집을 상재하실 예정이라 하셨는데 여름의 끝자락에 수필집이 날아들었다. 환자의 몸으로 우체국을 찾는 일이 만만치 않았을 텐데 수필집을 받고 얼마 지나지 않아 김유정의 소설에 나오는 동백 잎이니 책갈피로 쓰라며 생강나무 잎을 코팅해서 보내 주셨다. 하얀 손수건을 받은 것 같은 느낌이 들어 서운한 가운데 귀는 춘천호로 향했다.

수술 후 병이 호전되었다고는 하지만 농사일이 힘에 부칠 것 같아 신경이 쓰였는데 매실 따는 일을 거들어 드리자는 글이 카페에 올라왔다.

세상인심이 그런가? 다리 밑에서 감자 쪄먹고 매실주 얻어먹을 때 몰려들던 사람들은 다 어디로 가고, 비실비실하는 여자 둘이서 매실 따는 일을 거들어 드리고자 일찍 나섰다.

마을 사람들 모두가 오늘은 선생님 댁 매실 따는 봉사를 하기로 의견을 모았단다. 이웃들이 가지고 온 매실 주문서와 보신탕, 냉커피, 국수, 노란 오이지… 정이 담긴 보따리가 툇마루에 올망졸망 모여 있다.

옆집 사람이 입원해도 모르고 사는 도시와는 달리 땀이 줄줄 흐르는데도 놀이 삼아 시적 시적한다며 농담을 하고 웃으며 일터가 마치 잔칫집 같이 떠들썩하여 한결 마음이 가벼웠다.

매실나무 밑에 넓은 비닐을 깔고 장대로 두드리면 단단한 매실은 깨지지 않고 떨어진다. 경사면을 따라 빗자루로 가만가만 쓸어주면 매실이 데굴데굴 굴러가 잎과 분리가 된다. 비질하다 힘에 부치면 매실을 퍼 나르고 눈치껏 쉬워 보이는 일로 바꿔보지만 일이 서툰 나는 숨이 턱에 차고 입에서는 단내가 난다.

일하는 모습이 답답하신지 포장을 하자고 부르신다. 5kg짜리는 망사주머니에 담고 10kg, 20kg은 상자에 포장을 하는데 상자에 표시된 금대로 접어 테이프로 붙이면 저울에 올려놓지 않아도 무게가 꼭 맞는다. 덤으로 한 줌 더 주고 싶어도 상자가 불룩하게 나와서 포장을 할 수 없다.

결코 시중 가격보다 싸지 않지만 주문을 해준 우리 회원들에게만은 굵은 것으로 담아주고 싶은데, 골고루 섞으라는 말을 입에 달고 "다시"를 외치며 지팡이에 의지한 채 감독을 하시는 모습이 안타까워 눈도 마주치지 못하였다.

매실을 사서 담아 놓았다고 손사래를 쳐도 "내 발자국을 듣고 자란 놈들이야." "무공해지." 기어코 들려주시니 그냥 와도 서운해하실 것 같아 매실 주머니를 들고 일어섰다. 매실도 생물이라 팔리지 않으면 이 더위에 썩어버릴 텐데…… 하우스 안에 가득한 매실이 자꾸만 붙잡는다.

"윤 씨, 내가 한참 형이니까 나를 묻어 주어야하네." "내 상여 멜 사람이 부족하면 안 되지." 선반 위 항아리 속 매실은 걸쭉한 촌부의 음성을 담은 채 백일이 되기를 기다리고 있는 중이다.

욕심을 놓지 못하고 매실액과 매실 잼을 담는다고 상처 난 매실까지 모으시던 모습이 마지막이 될 줄이야! 사람들은 가까운 사람의 부음 소식을 들었을 때 욕심이 줄어들고 겸손해지는가 보다. 내 삶을 되돌아본 하루다.

김치와 햄의 어울림

언 손으로 밥그릇을 감싸 안고 찌개가 끓기를 기다렸다. 찬바람이 불고 미세 먼지가 쌓이는 날씨에는 얼큰한 부대찌개가 제격이다. 떡과 두부, 햄과 소시지, 라면 사리까지 매콤한 김치와 궁합이 잘 맞아 끓기 시작하면 군침이 돈다.

부대찌개의 주재료는 김치와 햄이다. 미국 호멜푸드사가 맨 처음 출시한 스팸은 양념된 햄의 줄임 말로, 조리된 돼지 어깨살과 넓적다리살의 분홍 덩어리다. 서양에선 신선한 고기를 대신하는 값싼 대용품으로 여기나 우리는 선물용으로 많이 주고받아서 부의 상징이 되었다.

햄이나 소시지는 6.25 전쟁 때 미군에 의해 들어왔다. 미제 물건을 파는 사람이나 미군부대 종사자와 그 가족에 의해 미군 부대 P.X 물품인 햄이나 소시지가 흘러나왔다. 밥이 주식인 우리는 김치찌개로 겨울을 나는데 김치에 햄이나 소시지를 넣고 끓인 부대찌개가 새로운 영양식으로 밥상에 놓였다.

 의정부와 파주는 미군 주둔지다. 부대 주변에는 미군과 살림을 차린 사람들이 두 집 건너 세를 살았고, 미군들은 새로운 먹거리를 들고 나왔다. 냄새에 익숙지 못한 햄도 김치와 어우러지면 냄새가 중화되고 김치는 지방을 흡수해 부드러워지며 양념과 조화를 이루고 영양을 보충할 수 있다. 김장을 준비하지 못한 그들은 주인집의 김치와 햄을 바꾸어 먹으며 부대찌개가 퍼져나갔다.

 우리 옆집에는 훈련 나오는 미군들을 따라다니며 그들이 필요한 물건을 팔고 그들과 교환한 물건을 내다 팔며 생계를 잇는 보따리상이 살았다. 가끔가다 P.X에서 훔쳐온 장물을 팔다 붙잡혀 가기도 했지만 여전히 미군들을 따라다니며 장사를 했다. 미군들의 잔반에서 건져온 고기 덩어리나 햄과 당면을 넣고 김치찌개를 끓이면 구수한 냄새가 나서 군침을 삼켰다. 거지새끼냐며 호통을 치는 엄마 몰래 얻어먹었던 기억이 있다.

 햄은 미국 다음 우리가 두 번째로 많이 소비한다. 미국에서 수입하지 않아도 우리 농산물을 위생적으로 가공해서 만드는 기술이 발달했고 우리 입맛에 맞게 만든 햄이 젊은이들의 식생활에 변화를 주었다. 편리함까지 갖춘 햄은 다양한 요리의 재료로 거듭나고 있다.

1990년부터 금융위기로 어려움을 겪을 때 가격이 저렴한 햄이 인기 있는 선물상품이 된 후 햄 소비는 절반 이상이 명절 선물용이다. 선물을 고르는데 고심할 필요가 없고 가격이 저렴하면서도 오래 보관을 할 수 있어 받는 사람도 부담이 적으니 선물용으로 인기가 높다.

명절마다 아이들이 햄을 들고 오지만 통조림 특유의 냄새가 싫고 짜서 즐기지 않는데 가끔 고추장을 한 술 넣어 김치찌개를 끓여 먹는다. 김치가 겨울 양식의 반이라는데 김치 냉장고에는 사계절 포기김치가 있으니 급할 때는 손쉽게 햄을 넣고 김치찌개를 만들 수 있다.

부대찌개는 냉장고에 남은 재료를 적당히 섞기도 하지만 한두 가지가 부족해도 잘 어울린다. 밥이 조금 부족해도 찌개로 보충할 수 있으며 어른은 물론 아이들도 식성에 따라 골라 먹을 수 있어 편하다. 김치와 햄, 두부와 사리…… 여러 재료가 한데 어우러져 찌개의 맛을 내듯이 우리 사회도 여러 계층이 융합되기를 바라며 부대찌개를 끓이고 있다. 김치 맛을 들인 외국인이 늘어나고 있으니 햄이나 소시지를 많이 먹는 서구사람들에게 부대찌개를 잘만 개발하면 인기 있는 음식 메뉴가 되지 않을까? 햄은 내게 비상식량이다.

보자기 하나로 행복한 아이

   남자와 여자는 태어날 때부터 유전인자가 다른가 보다. 여자아이들
은 인형이나 소꿉놀이 같은 장난감을 좋아하는 반면, 남자아이들은
자동차나 총, 칼을 좋아한다. 외손녀는 인형에게 우유를 먹이고, 안고,
업어 주는 엄마 놀이를 좋아한다.

   아들이 어렸을 때는 차에 관심이 많고 총을 참 좋아해서 장난감 총
을 볼 때마다 사달라고 떼를 쓰는가 하면 커서 군인이 되겠다며 친구
들과도 전쟁놀이만 하고 놀았다. 온 집안에는 비비탄 총알이 굴러다녀
걱정을 많이 했다.

   차도 좋아해 글을 읽을 줄 모르면서도 멀리서 달리는 차의 앞모습
만 보고도 차의 이름을 척척 알아맞혔다. 또한 드라이버를 왜 그리 좋
아하는지! 장난감 차마다 분해해서 고물상 같이 늘어놓는가 하면 눈
에 띄는 나사마다 모조리 빼놓아 혼이 나면서도 호기심은 그칠 줄 몰

랐다.

　여자인 외손녀는 노는 것부터가 달랐다. 명절 밑에 들어온 과일 상자는 윤기가 자르르 흐르는 황금색 보자기에 쌓여 있었다. 예전에는 보자기를 요긴하게 썼는데 지금은 쇼핑백을 많이 쓰기 때문에 서랍에 차곡차곡 넣어 두고 있다.

　황금색 보자기를 본 외손녀는 "할머니 보자기 가져도 되나요." 묻지 않는가. 제일 넓은 것으로 두 장을 내주니 금방 얼굴이 환해진다. 보자기 하나를 허리에 두르고 나머지는 면사포처럼 쓰고 조심조심 걷는가 하면 장옷처럼 얼굴만 내놓기도 하고 숄처럼 어깨에 걸쳐보고, 거울을 보며 패션쇼에 열중이다.

　아랍의 공주 같다는 말에 신이 났다. 공주가 되었다가 면사포를 쓴 신부가 되기도 하고, 슈퍼맨이 되며 열두 번도 더 변신한다.

　보자기를 두른 치마가 발에 밟힐 만큼 길기도 하지만 사뿐사뿐 얌전히 걸어 다니며 소곤소곤 목소리를 낮추며 놀고 있다. 놀이를 하고 있지만 옷차림에 따라 태도가 바뀌고 있다.

　사과 상자를 보자기로 덮은 후 배라며 들어앉아서 밀고 다닌다. 그래 가야국의 김수로 왕은 인도 아유타국 공주를 아내로 맞았지. 배를 타고 멀리 나가 보거라. 만화로 나온 역사 이야기 덕분에 역사 속 인물들을 나보다 더 잘 알고 있기에 허 황후의 이야기를 나눈다.

　외손녀는 몸치장에 싫증이 났는지 보자기로 의자를 덮어보기도 하고 제 가방을 싸서 묶어보고, 인형의 이불이 되었다가 업는 포대기가 되며 새로운 것을 창조하느라 고민을 한다. 가끔가다 관심을 가져주니 보자기 두 장을 가지고 반나절은 족히 상상의 나래를 펴며 혼자서도 잘 놀고 있다.

아이들의 장난감은 사회성을 기르고 정서교육에 좋다. 우리가 어렸을 때는 언니들의 화장품을 담았던 통은 보물단지처럼 소중한 장난감이었다. 주위에 있는 모든 것이 장난감이었으며 나무를 깎아 만든 팽이는 대를 물려가며 가지고 노는 장난감이었다.

요즘 아이들의 장난감은 종류와 가격 면에서 상상을 초월한다. 어린이날 선물로 장난감을 사고 돌아서면 지갑이 비어 도둑을 맞은 것 같이 허전하다. 일상생활용품의 색과 모양이 똑같은 장난감이 만들어져 있고 인형의 옷만 해도 수십 가지는 족히 된다.

아이들이 있는 집이라면 장난감과 책이 한 트럭은 될 만큼 가지고 있을 것이다. 형제가 없고 또래 집단이 없으니 말과 소리가 나오는 장난감이 관심의 대상이 되고 핸드폰 하나만 있으면 다른 장난감에 신경을 쓰지 않는다.

아이들은 싫증을 잘 내고 늘 새로운 것에 호기심을 갖는다. 완성품보다는 흥미를 가지고 스스로 만들어 보면서 발전할 수 있는 장남감이 좋은 장난감이 아닐까?.

내일은 보자기로 어떤 놀이를 할 수 있을까 ? 나도 보자기놀이에 취해 본다.

젊지도 늙지도 않으니 좋다

안개가 자욱하게 낀 아침 들깨를 털기 위해 밭으로 향했다. 아침에 안개가 낀 날은 맑다. 이것저것 밭일을 하다보면 들깨를 털기 좋게 해가 날 것이다. 푸른 하늘을 제 멋대로 날던 고추잠자리가 세워 둔 들깨 단에 꼼짝 않고 앉아 있다.

살생을 피하기 위해 해가 되지 않는 곤충이나 벌레는 창문을 열고 날려 보내는데 나도 모르게 손이 살그머니 다가가 잠자리 꼬리를 붙잡았다. 그 많은 눈을 달고도 눈치를 채지 못하고 쉽게 잡혔다. 날개가 파르르 떨렸다.

잠자리채로도 잡기 힘든 때가 있었는데 추위를 이기지 못했나! 아니면 안개에 날개가 젖어 무거워졌나! 그도 아니면 죽음을 앞둔 늙은 잠자리였나! "잘 가라." 손에 잡힌 잠자리를 하늘 높이 날리면서 생각하니 나의 생도 잠자리와 다를 게 없는 가을로 접어들었다는 생각이 들었다.

우리 세대는 6.25 전쟁 막바지에 태어났기 때문에 전쟁도 전쟁이지만 홍역이나 장티푸스 같은 전염병으로 많이 죽어 인구비율로 따지면 적은 편이다. 인구가 적으면 대학입시에서 유리하고 직장을 구하기 쉽다고 생각하겠지만 우리 세대는 달랐다.

중학교부터 시험을 치며 경쟁을 했고 졸업을 할 시기에는 석유파동으로 감원 바람이 불어 직장 얻기가 하늘의 별 따기만큼 어려웠다. 직장을 잡지 못하니 자연히 결혼연령이 조금씩 늦어졌다.

꼼짝 않고 앉아 있는 잠자리를 보니 젊은 날이 주마등처럼 지나간다. 어른들은 한참 좋은 때라 하셔도 땀띠를 달고 사는 아이와 엄마가 살을 맞대고 젖을 먹이는 일이 얼마나 힘드나. 말귀만 알아들어도, 아니, 기저귀를 떼거나 걷기만 해도 한결 쉬울 것 같았다.

지하실에 내려가 하루에 연탄을 18장씩 갈고, 매일 아침 서너 개의 도시락을 싸고 준비물을 챙기느라 아침마다 전쟁을 치루는 데 좋은 때라니! 아이들이 크면 여행도 자유롭게 다닐 수 있고 나만의 시간을 가질 수 있는데, 세월은 거북이걸음처럼 느리기만 해 안타까웠다. 모두가 어제 일만 같다.

평균수명이 높아져 60을 막 지났으니 늙지도 젊지도 않은 낀 세대다. 대부분 모임에 나가면 중간에서 나이 많은 쪽으로 조금 치우치니 나서서 궂은일을 하지 않아도 되고 그렇다고 앉아서 대접을 받는 게 아니라 적당한 자리에서 양쪽 세대를 어우르는 촉매제 역할만 하면 족하다.

고무줄이나 줄넘기 놀이를 할 때 짝이 맞지 않으면 왕따를 시키는 것이 아니라 깍두기라는 이름으로 이쪽저쪽을 아울러 놀이를 쉽게 풀고 재미를 더한다. 우리 세대가 깍두기 같은 존재다. 앞에 나서면 잘난 척한다고 하고, 조용히 있으면 걱정거리가 있냐 하고, 처신하기가 참 어렵다는 생각을 했는데 이쪽저쪽 다 어울릴 수 있어서 좋다.

혜민 스님은 '순간순간 사랑하고, 순간순간 행복하셔요. 그 순간이 모여 당신의 인생이 됩니다.' 하셨다. 누구보다 앞서가고 싶은 마음에 조바심을 냈고 내 생각이 다 옳은 줄 알고 내 뜻을 관찰하려고 고집도 부렸다. 나이가 든다는 것은 젊었을 때 뜨겁게 품었던 열정을 가슴속에 갈무리하는 일이다. 귀가 순해져서인지 억울해할 일과 흥분할 일이 줄어들었다. 생활하는 데 있어 편한 것이 좋고 쉬운 쪽으로 마음이 가는 여유가 생겼다.

아이들이 일가를 이루어 부부만 남았으니 집안일이 줄어들었고, 살림을 장만할 일도 없으며, 옷도 가볍고 편한 옷 서너 벌이면 족하니 경제적으로 부담이 적다. 매달 연금이 나오니 돈을 모으려고 아등바등하지 않아도 된다.

어제까지만 해도 반 팔을 입었는데 갑자기 10도 이상 차이가 나는 것을 보니 겨울이 예고 없이 찾아올 것이다. 나의 겨울은 어디만큼 왔을까! 머리 염색을 하고 돋보기를 써야 책을 읽을 수 있고 잘 둔다고 신경 쓴 물건을 못 찾아 헤맬 때는 기운이 쏙 빠지지만 시간을 붙잡아 두거나 다시 젊은 시절로 돌아가고 싶은 마음은 추호도 없다.

실학자 이덕무는 「적언찬」에서 '정신에 좋은 기운을 매일 불어넣어 주는 작용이 필요하다. 조급해할 것도 성낼 일도 없으니 하늘의 뜻에 따라 즐기라.' '인생은 바쁘게 살되 너무 서두르지 말라.' 하였다. 봄철에 핀 꽃만 예쁜 것이 아니라 가을의 단풍도 꽃 못지않게 시선을 끈다. 자연의 흐름에 견주어 보면 우리의 삶도 어쩌면 가을 산처럼 곱게 물들고 있지 않은지!

달리는 차 안에서 발밑을 보면 휙휙 어지럽게 지나가던 풍경도 먼 곳에 눈을 두면 느리게 느껴진다. 가을이 다 가기 전에 먼 곳에 눈을 두고 천천히 즐기리라. 열매가 푹 익어야 독특한 맛과 향을 내듯이 수확을 늦게 하는 만생종이고 싶다. 나이가 들수록 위와 아래, 옆이 보이고 감사할 일이 많아진다. 이날까지 무탈한 것을 보니 복은 타고났나 보다.

진달래처럼 살고 싶어라

　파릇파릇 돋는 잎을 보면 공연히 누군가 기다려진다. 눈이 자꾸 밖으로 향하고 가볍게 팔랑대는 치마가 예뻐 보인다. 그래서 봄은 여자의 계절이라 했는가 보다.

　식물은 겨울 동안 성장이 멈추면서 단단한 나이테를 만든다. 나이테는 나무의 족보다. 방위가 들어있고 나무의 나이는 물론 기후와 강수량까지 나무의 성장 과정을 알 수 있다.

　잎보다 꽃이 먼저 피는 진달래는 특이하게 나이테가 없어서 만개한 꽃의 수와 나무의 굵기로 나이를 짐작한다. 몸통이 베어지고 남은 그루터기에서도 꽃을 피워 꿀을 내주는 고운 마음씨와 강한 생명력에 감동을 받는다.

　진달래는 꽃과 낙엽이 예뻐 많은 사람의 사랑을 받는데 분재로 만들지 않는다. 그 이유가 궁금했는데 분재를 배우러 가서 알게 되었다.

분재는 자연을 사랑하는 사람들이 자연에 있는 나무를 늘 곁에 두고 즐기기 위해 만들어낸 종합 예술품이다. 줄기가 겹치지 않아 햇빛을 받고 바람이 잘 통하면서 여백의 아름다움도 살려야 한다. 나무를 지탱하는 굵은 뿌리를 잘라낸 후 화분에 고정을 시키면 잔뿌리가 많이 생겨 늘 젊음을 유지할 수 있다.

가지를 쳐 낸 후, 잘 휘어지는 구리철사로 감고 조금씩 비틀어가며 수형을 잡아준다. 2년에 한 번씩 분 갈이를 하고 수형 잡기를 반복하면 시간이 지날수록 더 멋진 분재로 태어난다. 진달래 가지는 강해서 부드럽게 주무르며 조금씩 휘다가 어느 순간 똑 하며 부러져 실패하니 분재를 만들기 힘들다.

진달래꽃은 분홍 속에 보라가 옅게 섞여 있어 비껴보면 오묘한 색이며, 생을 마감하는 순간까지 시들어 말라붙지 않고 뚝 떨어진다. 통꽃이라 가닥가닥 흩어지지 않으니 귀골답다. 햇빛을 많이 받고 자란 꽃은 색이 진하고 그늘에서 자란 진달래는 색이 엷다. 평지보다는 비탈을 좋아하며 토양을 가리지 않고 반그늘에서도 잘 자란다. 단풍 또한 고운 색으로 한해를 마감한다.

토질이 좋고 볕이 잘 드는 곳에는 키 큰 나무들이 자란다. 진달래는 초목들과의 싸움에서 자신의 자리만을 고집하지 않고 말없이 물러나 비탈에서 무너지는 흙을 붙잡아주고 풀들의 의지처가 되어준다.

봄이면 입술이 퍼렇도록 따 먹던 진달래, 동그란 찹쌀떡 위에 곱게 앉아 있는 진달래화전이 떠오르는데 나이에 따라 꽃의 선호도가 변하는가 보다. '모란이 뚝뚝 떨어져 버리면…'을 외우던 때는 모란꽃을 좋아하였고, 엄정현 교수의 목소리에 반해 '목련꽃 그늘 아래'를 흥얼거리며 목련꽃을 품었고, 장미 축제를 다녀온 후 장미의 매력에 푹 빠져버렸다.

화려한 다보탑보다 간결한 석가탑에서 한 차원 높은 뜻을 느낄 수 있듯이 나이가 들수록 화려하거나 향이 너무 진하지 않은 진달래같이 소박한 우리 꽃에 정이 간다.

나이가 든다는 것은 경험이 축적되는 반면 뇌세포가 줄어들어 현명한 판단과 새로운 아이디어가 젊은이들에게 뒤진다. 나이가 들어도 경우가 바르고 경험과 지혜가 많은 노인은 존경을 받고, 물러날 때를 모르고 자리에 연연하면 길가의 잡초 같아 보인다.

새들이 기름진 목소리로 수다를 떨며 둥지를 틀면 진달래는 첫 친정 나들이하는 새댁처럼 분홍 옷을 입고 여기저기 나타난다. 잎이 나기 전 해사한 얼굴을 내미는 부지런함도 맘에 든다. 꽃을 피워 기쁨을 주고, 누군가에게 음식이 되고 약이 되며, 고운 단풍으로 한 해를 마무리한다.

어머니 품이 그리워 산에 오른다. 곱게 핀 진달래를 보니 괜히 울컥, 마음 한 편이 시려 온다. 부러질망정 휘어지기를 거부하고, 생색내지 않고 비탈길로 나 앉으며 자리를 양보하는 진달래 같은 삶이 좋다.

책가의冊加衣

새 책을 받아온 외손녀를 보며 격세지감을 느꼈다. 학생들은 재질이 좋은 교과서를 무상으로 받고 있다. 새 학년이 시작되는 날 종이 냄새 물씬 풍기는 새 책을 받아 들면 얼마나 기분이 좋을까?

우리가 클 때는 매년 겨울방학 전에 다음 해에 배울 교과서를 주문하고 새 학년이 되면 교과서 대금납부를 하고 책을 받았지만 대부분은 형제나 이웃으로부터 빌려 썼다.

작아진 옷뿐만 아니라 학용품을 돌려가며 써야 했기에 같은 요일에 미술이나 체육, 서예 시간이 들어있으면 형제들 반으로 준비물을 가지러 뛰어다녀야 했다. 교과서를 동생들에게 물림을 하려면 책에 밑줄을 긋거나 메모할 수 없었고 찢어지거나 구겨질세라 조심을 하였다.

지금은 교학사에 가면 교과서를 구입할 수 있지만 예전엔 새 교과서 배부가 끝나면 책을 구할 수 없어 잃어버리거나 파손이 되면 교과서

없이 옆의 짝과 같이 보며 지냈다.

우리 집도 여러 형제가 있고 동생과는 연년생이니 교과서는 물론 참고서도 내려 보았다. 교과서가 바뀌면 어쩔 수 없이 구입을 하지만 참고서까지 한꺼번에 구입을 하는 것은 부담이 되었다. 참고서 내용은 크게 바뀌지 않는다는 논리로 이쪽저쪽을 맞춰가며 찾았다. 전과를 보고 토시 하나 바꾸지 않고 베꼈다가 숙제 검사를 하신 선생님께 종아리를 맞은 적도 있다.

새 교과서를 받아오면 아버지께 드렸다. 아버지는 비료나 사료 포대의 가운데 누런 포장재를 반듯하게 오려 책을 싸셨다. 책에 옷을 입힌다는 뜻을 지닌 책가의다. 네 귀를 반듯하게 접어 풀칠한 후 인두로 꼭꼭 눌러 준 다음 먹을 갈아 산수, 국어… 책마다 과목과 내 이름을 쓰셨다.

상급학교로 올라가니 친구들은 꽃무늬 포장지로 책가의를 하고 글씨도 멋을 냈는데 우리 집은 질기며 더럼이 덜 탄다고 누런 비료 포대로 싸 주셨으니 창피하여 책을 내놓을 수가 없었다. 아버지의 사랑법이라는 것을 내 아이가 학교 간 후에 깨달았다. 책을 아끼는 아버지의 잔소리는 책에 밑줄을 긋거나 읽은 표시로 접어둘 수 없었고 침을 묻혀가며 책장을 넘겨도 안 되었다. 좋은 글귀는 공책에 메모를 해두고 다음 읽을 페이지는 머릿속에 외워두라 하셨다. 읽은 페이지를 잊어버려 뒤적이기도 했지만 습관이 되니 보람줄이 없어도 익숙해졌다.

시골에는 서점이 없고 가끔가다 장날이나 학교 앞에서 해적판을 늘어놓고 파는 분이 계셨다. 그렇게 사 온 책은 누런 종이에 조잡한 글씨체였고 군데군데 글자가 거꾸로 서 있거나 오자가 있었지만 책을 읽을 수 있는 것도 호사였다.

"책이 밥 먹여 주나."며 어머니가 구박을 하셔도 가끔 들고 오시는 책은 자라는 딸들에게 양식이 되었다. 세계문학전집 같은 것은 생각도 못 했지만 주근깨소녀(빨간 머리 앤), 쿼바디스, 옥류몽, 인간의 조건을 읽은 후 받은 감명은 평생 남아있다. 독서 후 얻은 감동은 시대가 바뀌어도 크게 변하지 않는 지 400년이 지난 섹스피어의 작품이 지금까지 명작으로 남아있으니 책을 함부로 버릴 일도 아니다.

이름이 알려진 책은 돌려보기도 하였지만 서가에 꽉 찬 책은 자랑거리였다. 책마다 녹색이나 검은 줄이(보람줄) 있었고 서점에서도 책을 구입하면 아예 투명비닐로 겉을 싸고 서점 이름이 붙은 스티커를 붙여 주었다.

책꽂이의 책 중 아직도 안쪽에 서점 이름이 붙어 있고 비닐로 싼 책이 있다. 더럽혀진 비닐을 벗기니 표지는 깨끗해도 속지는 누렇게 변하고 군데군데 습기를 먹었던 얼룩이 남아있다. 곰팡이 냄새 비슷한 묵은 책의 냄새가 싫지 않다.

동인지와 등단작가의 작품집이 우송돼 오고 인쇄물이 넘쳐나니 오래된 책까지 읽을 틈이 없다. 그렇다고 대를 물려줄 수도 없으니 새 책이 올 때마다 자리바꿈을 하며 한 권씩 빼어 신문과 함께 묶어 내놓는다.

학문이 높으신 분들께 책을 빌려 베끼고 좋은 글귀를 모아 자식을 가르치며 수백 년 동안 대물림했던 것을 생각하면 책을 버리는 일이 참 불편하다. 아버지가 계셨다면 "다음에 읽으마." 하며 도로 집어 오시겠지. 먹 향과 아버지의 글씨가 그리운 날이다.

박물관 뜰에 선 나무를 보며

　박물관 뜰에는 여러 종류의 꽃과 나무가 있어 계절마다 아름답게 변신을 한다. 점심 식사 후 커피를 들고 매화 향을 맡거나 고운 단풍을 주우며 산책을 하는 재미가 쏠쏠하다.

　푸른 잔디와 어우러진 느티나무의 새순에서는 발자국을 떼는 아기의 웃음소리가 들리는 것 같고, 여름 한 철 젊음의 끼를 맘껏 발산하는 초록은 눈을 시원하게 해준다. 석조유물 위에서 나풀대는 단풍은 또 얼마나 고운가!

　박물관 나무들은 17년 동안 제멋대로 성장하며 키를 높이고 있어 햇빛을 받지 못하는 나무는 죽어갔다. 식물은 독특한 화학물질을 내보내 자신의 밑에는 자식까지 자라지 못하게 하고, 필요한 것은 잘 자라게 하는 타감작용을 한다. 그래서인지 몇몇 나무들은 죽은 가지가 더 많고 꽃이 적게 피거나 색이 옅고 열매가 볼품없이 작다. 나무가 성장

하는 동안 솎아내기를 하거나 가지치기를 하였다면 균형이 잘 잡히고 열매가 제대로 맺었을 것이다.

어느 날 정원사가 사다리를 놓고 나무를 다듬고 있었다. 가위와 기계톱 소리에 나뭇잎이 떨어지고 가지가 뭉텅뭉텅 잘려나가 잔디밭에 널브러져 있었다. 해를 향해서 뻗은 가지와 우듬지가 잘렸을 때는 꽁지 빠진 수탉을 보는 것 같이 안타까웠다.

저만큼 성장하려면 몇 년이 걸릴 텐데… 인위적으로 다듬은 나무보다는 자연의 순리대로 환경에 맞게 크는 나무가 자연스러워서 좋다는 생각을 하였는데 정원사의 손질이 끝난 후 생각이 바뀌게 되었다.

이틀 동안 정리가 잘 된 정원은 이발 후 면도를 끝낸 것 같이 상큼해졌다. 정원수의 종류나 숫자가 많다고 좋은 것이 아니고 시설물이나 옆의 나무와 조화를 이루며 서로서로 어우러져야 편안해 보인다. 턱없이 한쪽으로 치우쳤거나 쳐진 가지를 쳐내고 나니 바람이 술술 통해 내 가슴까지 시원하다. 굵은 가지가 잘려나갈 때마다 아깝다는 생각을 했는데 소나무는 몸통이 더 붉게 드러나고 균형이 잡혀 튼튼한 청년을 보는 듯하다.

나무는 세월의 더께가 앉고 사연이 많을수록 보기가 좋다. 잘린 흔적이 가슴에 단 훈장 같다. 잘 다듬어진 나무들은 아담하게 몸피를 늘리며 튼튼하고 믿음직스럽게 클 것이다. 나무의 옹이에서 박물관의 이야기가 쏟아져 나올 것만 같다.

모든 것은 때가 있다. 잘 다듬어진 나무를 보며 욕심을 덜어내면 마음이 가벼워지고 살림도 버릴 것을 과감하게 버리면 그것들을 관리하는 힘이 덜 들게 된다. 잘 버리는 사람이 살림을 잘하는 사람이라 한다. 재물과 명예도 사람의 힘보다는 하늘의 도움이 있어야 누릴 수 있단다.

나는 책 욕심이 많다. 종이 냄새, 잉크 냄새, 곰팡이 냄새가 어우러진 헌책방에서 찾은 보물, 문인들이 보내온 책, 매년 발행되는 동인지들이 쌓일 때마다 곳간에 쌓인 나락만큼 대견하여 애지중지하였다. 책의 무게를 감당할 수 있는 앵글로 벽면의 크기에 맞추어 책꽂이를 만들어 늘려나갔다.

노년에는 안락한 의자에 푹 파묻혀 책을 읽으리라 했는데 나이가 들수록 허리가 아프고 눈이 침침해 새로 받는 책을 읽기도 벅차다. 다음에 읽기 위해 밑줄을 쳐 놓았는데 이런저런 핑계로 다시 읽히지 않는다. 감동은커녕 방금 읽은 책의 주인공 이름도 생각나지 않을 때가 종종 있다.

쉽게 얻은 정보는 쉽게 잊히는 단점이 있지만 백과사전을 뒤지기보다는 컴퓨터를 열어 인터넷에서 정보를 얻고 그보다 빠른 핸드폰을 연다. 독서 인구는 줄고 발행되는 책은 늘어 책이 귀하게 대접받지도 못한다. 나중에 버리는 일까지 짐이 될 것 같아 책을 추려내기 시작하였다.

시집올 때 책까지 싸 들고 왔으니 얼마나 오래된 책인가. 누렇게 변했고 활자가 조잡하며 글씨가 세로로 된 책부터 빼냈다. 내 작품이 들어있는 월간지들도 미련을 버렸다. 한쪽 책장만 치웠을 뿐인데 공간이 엄청 넓어진 것 같고 숨통이 트이는 것 같다. 앵글은 다시 조립하기가 쉬워 남아있는 책꽂이도 반으로 줄여 버렸다. '버리고 갈 것만 남아서 참 좋다.'는 말을 나도 하고 싶다.

낙엽은 지나간 시간들. 윤동주 시인은 '내 인생에 가을이 오면 나는 나에게 열심히 살았느냐고 물을 것입니다.' 하였다.

박물관 뜰에는 잎을 떨 군 나무들이 당당해 보인다. 나무가 부실한 가지와 잎을 버리고 휴식과 충전의 시간을 갖듯이 욕심을 내려놓아 홀가분해져야겠다는 생각을 하며 낙엽이 수북이 쌓인 박물관 뜰을 걸었다.

사람이 새로운 잎과 꽃을 피우는 나무처럼 계절마다 다시 태어날 수는 없지 않나? 우리의 몸과 마음도 가끔 가지치기하여 바람이 '슝~ 슝~' 통하게 할 필요가 있다는 생각이 들었다.

한지의 매력에 빠진 날

아리랑문학관 답사를 마치고 옆 건물 2층 대한민국 공예대전 행사장으로 향했다. 도자, 종이, 섬유, 기타 영역으로 나눈 작품 전시 중 종이로 만든 작품 수가 가장 많고 다양해 눈길을 끌고 있다. 한지는 지승공예품이나 동양화, 서예작품에 필요하다고 생각했는데 여러 종류의 생활용품을 만들고 표현할 수 있다니 참으로 놀랍다.

종이로 만든 옷, 인형, 가방, 바구니, 여인의 치레거리, 제비꽃처럼 앙증맞은 장신구와 키를 훌쩍 넘긴 이불장과 옷장. 심지어 한지로 탁자를 만들어 안에는 금붕어를 키우고 위는 유리로 덮어 분위기를 살리며 탁자의 기능까지 겸하고 있었다.

한지는 가볍고 따뜻한 느낌을 주는 자연 친화적 소재로 관리만 잘하면 영구적이다. 황금색에 녹색 고름을 단 한지로 만든 한복은 잔칫상을 받아도 손색이 없을 만큼 선이 살아 있어 세련되고 우아하다.

크리스털처럼 맑은 것. 섬유처럼 부드러워 보이면서 은은한 것, 칠보 공예처럼 화려하고, 고무같이 보이는 검은색은 무게감이 느껴지고…. 한지로 만들었지만 작품마다 느낌이 다르게 다가온다. 과연 저것들의 소재가 진짜 종이일까? 믿어지지 않아 만져보고 두드려보고 싶은 마음에 손이 저절로 간다.

한지의 원료는 닥나무로 사람의 손이 수없이 거쳐야 나온다. 성장이 멈춘 11월~2월 사이에 채취해서 푹 찌고 뜸을 들인 후 껍질을 벗겨 햇빛에 잘 말린다. 필요한 만큼만 잿물에 삶은 후 냇물에 담가 표백을 하고 닥 방망이로 두드려 곱게 빻은 다음 풀과 함께 물에 풀어서 대나무 발로 떠낸 후 말린다.

이때 오른쪽과 왼쪽, 아래와 위로 번갈아 흔들며 두께가 고르게 떠내기 때문에 질기다. 100번쯤 다듬으면 숨어있는 공기가 빠지고 입자가 고르게 펴져 치밀하면서도 매끄러운 질 좋은 한지가 된다. 매끄러우니 때가 덜 타고 1,000년이 지나도 변하지 않는다. 한지를 여러 겹 배접을 한 후 옻칠을 하면 습기나 벌레에 강하고 가볍다. 창이 뚫을 수 없을 만큼 강해 갑옷도 만들었다.

잠견지에 '빛은 바다처럼 희고 질기기는 명주 같다. 고려 한지는 질박하고 튼튼한 느낌을 준다.' 하였다. 고려 한지는 중국의 역대 제왕의 전적을 기록할 만큼 우수해 우리나라 사신이 중국에 도착하면 한지를 구하려는 사람이 몰려들었다고 전한다. 중국과의 외교에 필수품이었고 한때는 조공품으로 강요되기도 하였다.

한지는 자외선은 차단하고 흡수성과 발한성이 뛰어나 창이나 문에 발랐다. 볕 좋은 가을날 방문을 떼어 창호지를 바르면 방안이 환해졌다. 심심할 때 손가락으로 창호지를 퉁겨보면 탄력이 있는 문 창호지에서 "둥둥" 북소리가 울렸다. 밖의 일이 궁금하여 침을 바른 손가락으로 구멍을 내 혼이 났던 어렸을 때의 기억도 살아났다.

색색이 차곡차곡 쌓여 있는 한지는 시장 안의 포목점 같다. 연노랑 한지는 병아리를 품은 것 같이 포근하고, 푸른색 한지는 바다같이 시원하며, 살굿빛은 침샘이 열리고, 쑥 향이 묻어 있고, 달빛같이 은은하다.

한지로 만든 공예품에는 천연물감을 들인 색의 조화, 도형들이 만나는 절묘한 공간구성, 크고 작은 면이 이어져 질서와 변화를 만들고, 색의 대비도 일품이다.

미적 감각과 품격이 배어 있다. 한옥에 한지로 만든 가구를 배치하고 한지로 만든 옷을 입고 생활하는 모습은 상상만으로도 편안해진다. 나는 역시 단군의 후손이다.

인연 맺지 않기를 잘했다

나이 들어 새로운 인연을 맺을 때는 신중하게 생각을 해야 한다. 새로운 인연을 맺기보다는 기존에 맺었던 인연을 지속하려는 정성이 더 필요하다. 사람이 아닐 때는 특성을 살려 잘 키우려는 의지가 있고 부지런해야 하며 동물은 사후까지도 책임을 져야 한다.

장바구니를 들고 횡단보도 앞에서 신호등을 기다리고 있는데 다리가 짧고 흰 바탕에 갈색 점이 찍힌 예쁜 개가 내 옆에 있었다. 허리를 숙여 눈을 맞추며 "너도 시장에 왔니? 참 잘 생겼구나." 쓰다듬자 꼬리를 흔들며 아는 체를 했다. 목걸이가 없고 털이 좀 지저분해도 사람의 손때가 묻은 느낌이 들었다. 혼자 앉아 있더니 차량이 멈추자 신통하게도 신호등까지 읽고 잽싸게 건넜다.

개는 내가 주인인 양 조금 뒤쪽에서 발을 맞추며 따러 오고 있었다.

조금 따라오다 말겠지 하고 크게 신경을 쓰지 않았는데 대문을 닫고 올라왔더니 골목에서 2층을 올려다보고 있었다.

사람을 잘 따르는 것을 보면 강아지 때부터 버려진 것이 아니고 사랑을 받고 큰 것 같다. 사람의 정이 그리워 따라서 왔지만 배부르면 제 집이나 쉴만한 곳을 찾아가겠지 하는 생각에 먹을 것을 던져 주었다. 굶주렸을 텐데 허겁지겁 먹지 않고 도도하게 지켜보는 것도 마음에 든다. 털이 지저분하기는 해도 이목구비가 잘 생겨서 키우고 싶은 욕심이 들었다.

작고 앙증맞은 개보다는 덩치가 크고 소리가 우렁찬 개가 늠름하고 개다워서 더 좋다. 아무리 크고 사납게 생긴 개도 눈을 맞추며 몇 번 불러주면 말이 통하지 않지만 느낌만으로도 자기를 싫어하는지 좋아하는지 알고 살살 꼬리를 치며 다가온다.

어려서부터 내 주위에는 늘 개가 있었다. 아버지가 개를 좋아하기도 하셨지만 방앗간이라 도둑을 지키기 위해 덩치가 큰 개를 앞, 뒷문에 묶어 키웠다. 마당의 한쪽 옆에 개 키우는 것이 당연하다고 생각하고 결혼 후에도 개를 키웠다.

외식할 때마다 남은 음식들이 아깝다는 생각이 들어 늘 싸 가지고 와서 주었다. 뼈다귀를 가방에 숨기고 들어오면 길을 막고 서서 주머니와 가방까지 냄새를 맡으며 어린아이 보채듯 발로 긁었다.

우리 차 소리가 들리기도 전에 먼저 알고 낑낑거리며 뱅글뱅글 돌고 반가운 인사가 이만저만이 아니다. 어느 날 남편이 새로 산 구두를 신고 술 취한 채 늦게 들어 왔더니, 짖으며 달려들기에 주인을 보고 짖는다고 발로 찼단다. 그 후 술 냄새만 나면 개집에 숨어있었고 부르고 달래며 줄을 잡아당겨도 죽은 척 누워있었다.

4차원 산업혁명 시대에 인공지능 기계에서 느끼는 소외감과 개인주의가 심화되면서 동물과 교감하는 이들이 늘고 있는 추세다. 정서적으로 고갈되기 쉬운 직원들의 재충전을 돕는데도 효과적이라 애완견을 데리고 출근하는 회사가 늘고 있다 한다.

개에게 옷을 입혀 안고 다니며 귀애하거나 애완견 장례식장에서 장례를 치르는 것을 못 마땅해하는 사람도 있다. 천성적으로 개를 싫어하는 사람이야 어쩔 수 없겠지만 개를 키워 본 사람은 혈육만큼 정을 주며 엄마를 자처하는 모습이 이해된다.

생물학적인 엄마는 아닐지라도 기른 정이 낳은 정 못지않다. 한결같은 마음으로 반겨주고, 말 잘 듣고, 비위까지 맞추지 않는가! 배고프면 밥 주고, 아프면 병원에 데려가고, 의지하고, 재롱을 떨며 기쁨을 주는데 혈연관계보다 못할 것도 없지 않은가.

혼자 있을 때는 든든하게 의지도 된다. 오랜 세월 의지하고 정을 주었는데 죽었다고 쓰레기 버리듯 종량제 봉투에 담아 온갖 쓰레기와 뒤섞어 소각장으로 향하게 할 수는 없다. 개를 위해서 화장장을 찾는 것이 아니라 정을 떼는 과정에서 내 마음이 편하기 때문일 것이다.

동물병원을 안고 다녀도 회복하지 못하였을 때는 한동안 가슴앓이를 한다. 정을 떼기 힘들어 다시는 개를 키우지 않겠다고 다짐을 하다가도 토실토실 한 강아지를 보면 욕심이 난다. 나이 들면 개를 키우는 일도 버거울 테고 나보다 더 오래 살까 걱정도 되어 새로 입양을 망설이면서도 가끔은 잘 보관하고 있는 개집에 눈이 간다.

여기까지 따라왔으니 먹을 것을 주고 정을 붙여볼까 하는 마음과 자유롭게 살도록 두어야 한다는 두 마음을 안고 생선 토막을 들고 대문을 드나들었다. 개는 생선을 남겨 놓고 가버렸다. 섣불리 개와 인연 맺지 않기를 잘 했다는 생각을 하면서도 허전했다. 참 잘 생긴 놈이었는데….

비틈달에

　녹색연합은 11월의 이름을 가을과 겨울 사이에 낀 달이라 하여 비틈달이라 지었다. 11월은 가을이라고 하기엔 너무 늦고 겨울도 아닌 어정쩡한 가을과 겨울이 몸을 섞는 달이다. 일조량이 적어 세로토닌의 분비가 감소해 우울증이 생기기 쉽고 사색에 잠기며 마음이 더 춥게 느껴지는 달이다.

　나는 비틈달이 가장 싫다. 일요일을 제외하면 빨간 날이 없고 보너스도 없이 겨울준비로 지출이 많은 달이다. 가장 힘든 김장도 11월에 한다. 풍성하고 자랑스러운 열매의 이미지가 떠오르지 않고 춥다는 생각이 먼저 든다. 추위를 많이 타는 냉한 체질에 기관지가 약하고 알레르기성 비염까지 있어 콧물을 흘린다. 낮과 밤의 기온 차가 심해 감기에 걸리기 딱 좋다.

안개가 자욱한 날은 아침 시간을 잃어버린 느낌이 든다. 농사를 짓기 때문에 이것저것 갈무리할 것이 많은데 안개가 걷히기를 기다려 펼쳐 놓으면 잠시 빛을 보다가 일찍 어둡고 다시 눅눅해진다.

비틈달에 내리는 비는 미련이 많이 남은 듯 추적추적 내리고, 바람도 야단스럽지 않으며, 비가 온 뒤끝은 어김없이 기온이 내려간다. 따끈한 아랫목이 그리워지고, 호주머니 속에 깊숙이 묻어두었던 추억을 만지작거리며 따끈한 커피가 마시고 싶다. 코끝에 느껴지는 알싸한 바람 때문에 행여 첫눈이 오려 나 기다려지기도 한다.

11월 1일은 시인의 날이다. 산문보다는 시가 더 어울리는 달이다. 산문은 풍경화처럼 마음속의 언어들을 세심하게 풀어내지만 시는 11월의 나무들처럼 군더더기를 털어 버리고 가뿐하게 함축시킨 언어들이다. 무성한 녹음과 풍요로운 가을에 대한 미련이 남아있지만 비워낸 편안함이 있으니 시상이 떠오를 것이다.

비틈달에는 바이올린보다는 첼로가 어울리는 달이다. 첼로는 성인 남성과 음역대가 비슷해 인간의 목소리와 가장 가까운 악기라 한다. 큰 몸과 긴 줄에서 나는 묵직한 음은 차분하고 따뜻한 느낌을 준다.

비틈달에는 김장을 한다. 배추를 다듬어 소금물에 넣으려니 회색 미라가 된 배추벌레가 들어있다. 철모르는 나비가 알을 낳아 날아보려는 꿈을 펴지 못하고 그만 얼어 죽었나 보다.

비틈달은 소생하기보다는 마무리를 준비하는 달이다. 곱던 단풍이 떨어져 빈 몸인 나무들, 바삭거리는 잎은 바람 따라 뒹군다. 물기가 없고 잎맥이 선명한 나뭇잎을 보면 손등에 핏줄이 튀어나오고 허리가 굽은 노인이 생각난다. 좀 어두운색을 입으면 왠지 초라해 보이고 멋진 옷을 입고 화장을 하여도 생기가 돌지 않는다. 마지막 숨을 거두기 전까지 대략 15년은 한 가지 이상의 질병으로 병원을 드나들어 삶의 질이 떨어진다고 하니 평균수명이 늘었다고 축복받을 일은 아니다.

알프레드 테니슨의 시 티토노스(Tithonus)는 트로이 왕자였다. 새벽의 여신 오로라(Aurora)는 티토노스를 사랑해서 죽지 않고 영원히 사는 선물을 주었다. 젊게 사는 선물을 받지 못해 죽을 자유를 잃고 시든 채 사는 게 고통스러운 티토노스는 여신 오로라에게 죽을 권리를 달라고 애원한다.

탄생과 죽음은 누구나 공평하게 받았다.

비틈달의 숲은 동안거에 들 준비를 하며 새로운 탄생을 위해 갈무리한다. 이런저런 행사로 분주한 10월이 지나면 마음은 벌써 한해를 다 보낸 느낌이 든다. 호가 다형(多兄)인 김현승 시인은 11월 긴 밤을 '차 끓이며 외로움도 향기인 양 마음껏 젖는다.' 하였다. 밤이 길어 독서를 할 시간이 많은 겨울을 기다리며 좋은 차를 준비한다. 비틈달도 중반을 넘어섰다.

'가야 할 때가 언제인가를 분명히 알고 가는 이의 뒷모습은 얼마나 아름다운가.'
— 이형기의 「낙화」 부분

엄홍길과 라마스떼

월요일부터 금요일까지 아침에 방송되는 인간극장은 큰 감동을 준다. 이번 주는 '엄홍길과 라마스떼' 로 네팔 오지를 찾아가 희망의 씨앗을 심고 온 이야기다.

엄홍길은 세계최초로 8,000m 가 넘는 16좌를 완등 하였으며 에베레스트 등반 도중 죽음의 계곡에서 실종된 동료의 시신을 다시 가서 찾아온 의리의 산악인이다. 16좌 등반 성공을 기리는 뜻에서 오지에 16개의 학교 설립을 목표로 '엄홍길 휴먼재단' 을 만들어 실천하고 있어 존경받는다.

그는 도봉산 입구에서 산악인을 상대로 식당을 하는 어머니 밑에서 자랐기 때문에 어려서부터 도봉산을 다람쥐처럼 뛰어다니며 담력과 체력을 키웠다고 한다.

인간극장을 통해 엄홍길 휴먼재단과 서울 나눔 클라리넷 앙상불 팀의 특별한 선물 '천상의 음악회' 공연이 있기까지의 과정을 보여주고 있다. 카투만두에서 4륜 차를 타고 꼬불꼬불한 비포장도로를 반나절쯤 달린 후 계곡 사이 가파른 언덕길을 무려 6시간 동안 걸어야 도착할 수 있는 오지 중에서도 오지다.

길이 얼마나 가파른지 빈 몸으로도 걷기 힘든 단원들을 위하여 모든 짐은 짐꾼과 노새가 맡았다. 머리에 끈을 두르고 짐을 진 그들의 팔과 종아리 근육은 대나무처럼 윤기가 흐르고 단단해 보였다. 17kg의 짐을 지고도 천진하게 웃고 뛰는 9살 난 아이는 단지 자동차와 전깃불이 보고 싶어서 형들을 따라나섰다니 기가 막힌다.

네팔지진으로 축대와 벽이 떨어져 나간 집, 새까만 맨발, 돌덩이 두 개를 놓고 나무를 때서 음식을 끓여 먹는 것이 고작이다. 기온 차가 심한 곳인데 난방시설이 없어 입은 옷 그대로 자는 열악한 환경에서도 그들은 잘 익은 포도송이 같은 눈을 반짝이며 밝게 웃고 있었다.

3시간이나 걸어서 학교에 오는 아이들이지만 항상 밝고 씩씩하다. 돌이 굴러다니고 먼지가 펄펄 나는 운동장에서 가무잡잡한 피부의 아이들이 밝게 웃고 뛰어논다. 공을 한번 차면 천 길 낭떠러지로 굴러떨어질 것 같은 절벽 위에 세운 학교와 계단식 밭이 한 폭의 풍경화다.

'이곳에 들어오면 죽인다.'는 경고판이 세워져 있으나 글을 몰라 들어갔다는 어머니가 '아들만은 공부를 시켜 도시에 나가 살기를 바라는 마음에서 학교에 보낸다'고 하였다.

클라리넷 앙상블 단원 세 명은 운동화가 다 떨어지도록 걸어 다니며 아이들에게 악기를 가르치고 있었다. 악기나 악보를 본 적이 없는 아이들에게 하모니카와 리코더, 멜로디언을 가르치고 우리말로 '고향의 봄'과 그들의 민요를 가르쳤다. 얼마나 열심히 하는지 마을 안은 밤낮 없이 악기 소리로 가득 찼다.

헬기로 자제를 실어 와야 하는 열악한 환경에서 학교 준공식이 열리는 날, 이웃 학교와 근처의 주민들이 모인 자리에서 서울 나눔 클라리넷 앙상블 대표팀의 연주회가 있었고, 학생들의 연주와 함께 모든 사람이 우리말로 '고향의 봄'을 합창할 때는 목이 메었다.

우리도 한국전쟁의 피해로 굶주리고 환경은 열악했지만 세계 여러 나라의 도움을 받고 일어설 수 있다는 희망을 가졌다. 도시락을 싸 오지 못하는 학생에게 구호품인 옥수수죽을 주었고, 성조기 밑에 악수하는 손이 그려진 분유를 받았으나 먹는 방법을 몰라 밥솥에 찐 후 딱딱하게 굳어진 것을 들고 다니며 먹었다.

크리스마스 때가 다가오면 과자와 옷가지 등 선물을 받기 위해 교회에 갔다. 매끄러운 공책과 연필, 크레용을 받아온 날은 그것들을 품에 안고 잠이 들었다. 눈을 감았다 뜨는 노랑머리 인형을 할머니는 흉하다 하였으나 매일 업어 주고 안아주었다. 도움을 받고 자란 우리 세대가 다른 나라 아이들에게 도움을 줄 수 있다는 사실이 자랑스럽다.

조그마한 도움으로도 새로운 지식을 받아들여 발전할 기회를 만들면 삶의 질을 높일 수 있다. 가진 것을 조금씩 나누면 자신은 물론 많은 사람이 행복하다. 학용품은 물론 생활용품까지 절약할 줄 모르는 우리 아이들에게 얼마나 감사할 일이 많은지 그들의 일상을 보여주고 싶다.

지구라는 지붕 아래 우리는 한 가족이다. 말이 안 통해도 진실한 마음은 통한다. 일주일 동안 음악을 통해 교감을 나누어서인지 귀국을 앞둔 선생님과 아이들이 한 덩어리가 되어 눈이 빨갛도록 울고 있다. 언어가 통하지 않거나 환경이 달라도 시간과 경제적인 것을 조금씩 나누어 얻은 행복은 마음을 이어주며 그 정이 오래 간다는 것을 보여주고 있다.

가난하지만 양보하고 나누며 살아가는 그들을 보니 가진 것이 많다고 행복한 것만은 아니다.

"나마스떼, 나마스떼"

두 손을 모은 외침이 하늘을 날고 골짜기를 넘어가고 있다. 나마스떼는 네팔어로 "내 안의 신이 그대 안의 신께 인사합니다. 당신에게 마음과 사랑을 다하여 예배드립니다."라는 인사말이다.

'나마스떼' 엄홍길 휴먼재단 만세!

삶과 죽음

삶과 죽음은 한 단어만큼 가깝다. 죽은 다음에 사람들의 평가가 입에 오르내리니 잘 사는 것이 늘 어려운 숙제다. 너무 오래 앓으면 본인은 물론 가족들도 힘들고, 적당한 시간의 이별 준비가 없는 돌연사는 가족이 힘들어진다. 건강하게 평균 수명만큼만 살다가 3일만 앓고 죽는다면 복은 타고난 사람이다.

살아갈 날이 살아온 날보다 적어서인지 집에서 키우던 생명이 죽으면 관리를 잘못한 것 같고, 죽어가는 모습이 오래 남아 다시는 생명이 있는 것을 키우지 않겠다고 다짐을 했다.

우리 집은 개와 닭, 토끼까지 사람보다 동물의 숫자가 몇 배 더 많다. 토기를 기르고 싶어 기른 것이 아니라 외손녀가 키우던 것이다. 희고 부드러운 털에 수정같이 맑은 눈, 오물오물 먹는 모습이 좀 예쁜가! 아이가 사달라고 떼를 쓰니 미니토끼란 말만 믿고 토끼장과 건초까지 들고 왔다. 아이는 깡~충 뛰는 모습이 귀엽고 오물오물 먹는 모습과 눈을 감고 자는 모습까지 신기하다며 토끼장에 붙어살았다.

건초를 심심해서 주고, 배고플까 봐 주고, 먹는 모습이 귀여워서 주고, 토끼는 손바닥 크기를 넘어 쑥쑥 컸다. 미니토끼가 아니라 덩치가 크면 상품 가치가 떨어지니 겨우 목숨만 부지하게 먹여 크지를 못했을 뿐이었다.

많이 먹으니 힘이 넘쳐 시끄럽고 배설물도 많아 집에서 냄새가 나니 감당하기 힘들어 마당에서 키우자고 데리고 왔다.

마당 한쪽 구석에 철망을 쳐서 토끼장을 만들었다. 굴을 파서 잠자리를 만들고 흙에서 맘껏 뛰노니 윤기가 흐르고 눈처럼 희던 털이 지저분해졌다. 토끼가 좋아하는 야채를 주고 아카시아 잎과 씀바귀를 뜯어다 주었다.

토끼가 사람의 말도 잘 알아듣는다. 과일 껍질을 들고 가서 "깡총아" 부르면 굴속에서 뛰어나와 뱅글뱅글 돌며 뛰어오르고 좋아서 어쩔 줄 모른다. 가끔 철망 밑을 파고 탈출을 해서 자동차 본 넷으로 들어가 회색 토끼가 되어 나오고 잡느냐 숨이 차게 뛰어다녔지만 우리 집 재롱둥이였다.

외삼촌이 잡아먹는다고 놀리며 아이를 울렸지만 귀염 받으며 잘 크는데 어느 날 밤에 들고양이의 습격을 받아 목이 잘린 채 죽어 있었다. 고통스런 순간이었지만 늙어 먹고 싶은 것 못 먹고, 맘대로 뛰지도 못하며 오래 앓는 것보다 낫지 않나, 맛있는 것 먹으며 여러 사람에게 사랑받았으니 괜찮은 삶이란 생각이 들었다.

　귀부인의 화려한 드레스 자락이 끌리듯 꼬리가 너울너울하는 금붕어는 아들이 키우겠다고 사 왔다. 모래를 깔고, 물레방아를 돌리고, 물풀을 심고 정성을 기울이더니 시간이 지나자 차츰 시들해 져서 내 차지가 되었다.
　물이끼가 끼기 전 받아 놓은 물에 약을 풀고 물풀과 금붕어를 옮긴 후 모래까지 씻어내는 일은 만만치 않았다. 물레방아의 물살에도 뿌리가 약한 물풀이 물위로 떠오른다. 아들은 허리가 아픈 줄도 모르고 엎드린 채 심혈을 기울여 핀셋으로 물풀을 심었다.

　청소하기가 힘드니 먹이를 조금만 주라고 성화를 해도 몰려들어 채가는 모습을 보느라 자주 준다. 화려하던 색은 시간이 지나면서 차츰 옅어졌고 배가 불룩 나왔다. 알을 낳기 전에 분리해야 한다는데 준비된 어항이 없어 신경을 쓰지 않았더니 알을 낳기가 무섭게 다른 놈들이 먹어 치워 부화하는 모습은 볼 수 없었다.

　가끔가다 금붕어로 매운탕을 끓이면 어떤 맛일까? 농담을 하면서도 크는 것이 대견하기만 했다. 금붕어의 수명은 몇 년쯤 될까? 3년 동안 성장을 하니 꼬리지느러미에 상처가 나서 수석과 물레방아를 꺼낼 수밖에 없었다.
　발자국 소리에 반응하며 먹이가 떨어지기 무섭게 서로 채가려고 다툼을 하더니 어느 때부터인지 행동이 느려져 먹이가 가라앉았다. 물을 갈아주고 약을 넣어 주어도 지느러미와 비늘이 떨어져 나가 추해졌다.

종기가 나면 쑤시고 아픈데 붕어의 살점이 떨어져 물까지 탁해지니 그 고통이 얼마나 심할까? 진작 연못에 놓아주지 못한 것이 후회되었다.

치료법을 몰라 죽어가는 모습을 지켜보는 것도 못 할 짓이다. 며칠 동안 힘을 잃고 옆으로 누운 채 물 위에 떠서 뻐끔거리며 생을 이어가는 모습이 안타까워 차라리 꺼내서 땅에 묻어주고 싶다는 생각이 들었다.

사람이라고 뭐가 다르겠는가? 열 달 동안 엄마 뱃속에서 나가고 주먹질을 하고 발로 차며 견뎠다. 세상에 첫발을 딛는 순간 세상이 너무 밝고 시끄러워 울음부터 터트렸다.

몇 %의 사람이 고통 없이 자다가 심장이 멈추겠는가. 태어나기도 힘들지만 죽는 것도 맘먹은 대로 안 된다. 의사의 양심과 법이 허용한다면 안락사도 필요하다는 생각이 들었다. 장수 시대라고 축복만은 아니다. 노인들은 한두 가지 질병을 가지고 15년쯤 산다는 통계가 있다. 요즘은 120살까지 살라는 말이 가장 큰 욕이란다.

운명의 신에게 삶과 죽음의 결정권을 돌려받을 수 있었으면 좋겠다.

제멋에 사는 사람

6시 내 고향 프로는 사람 사는 냄새가 난다. 나도 한때는 자연 속에서의 삶을 동경하던 때가 있어 세상사 잊고 심심산천에 사는 자연인에게 관심이 많았다. 나레이터 윤문식 씨가 정감 있게 설명을 해서 더 마음에 와 닿는다.

질병을 치유하기 위해서, 사업에 실패하고, 스트레스를 감당하기 힘든 도피 등, 안빈낙도를 꿈꾸며 산으로 간 사연도 다양하다. 그들은 검고 건강해 보이는 피부와 덥수룩한 머리, 손에는 굳은살이 배겨있다. 혼자서 집을 짓고, 약초를 캐고, 나무로 조각을 하고, 돌탑을 쌓으며 살아가는 기인에 가까운 사람들이 부럽기보다는 왜? 귀양살이가 먼저 떠오를까?

혼자 살고 있으니 스트레스 받을 일이 적고, 먹을거리를 만들기 위해 움직이고, 맑은 물과 공기… 자연이 건강을 지켜주고 있단다. 효소를 만들어 먹고 채소와 산나물로 건강을 찾았다고 행복해하는 모습을 보면 그 사람들 팔자려니 한다.

독신으로 살다가 나이 차를 극복하고 결혼을 하여 깊은 산속에 살며 돌로 집을 짓고 연못과 길까지 온통 돌로 만들어 놓은 돌에 미친 부부의 모습을 보통사람들이 이해할 수 있을까? 먼 곳에 있는 돌을 지게에 지고 오면서 금덩이라도 지고 오는 양 행복해 한다. 노후를 준비하지 않고 건강한 몸을 믿으며 살다가 과연 고통 없이 생을 마감 할 수 있을까. 손끝이 뭉툭해지고 발톱이 빠져도 개인의 취향이니 본인만 행복하다면 남이 왈가불가할 일이 아니지만 왠지 걱정이 앞선다.

한때는 퇴직하면 전원주택을 짓고 살고 싶은 욕심에 눈에 띄는 집마다 카메라에 담으며 상상의 나래를 폈다. 토종닭이 병아리를 품고, 개가 뛰어다니고, 손주들이 잔디밭에서 공을 차고… 생각만으로도 가슴이 벅찼다. 10년쯤은 준비를 해야 한다기에 시차를 두고 먹을 수 있는 몇 종류의 유실수를 심고 산나물을 옮겨 심으며 힘든 줄도 모르고 땀을 흘렸다.

시골 생활이라는 것이 말처럼 쉽지 않다. 유실수는 가지치기와 거름을 제때 주지 못했는데 농약까지 치지 않으니 과실을 따기도 전에 벌레가 파고들어 자라지 못하고 나무마저 병이 들었다. 무공해로 키우다 보니 겉모습이 눈에 차지 않는 데다 주변머리까지 없으니 시장에 내다 팔 엄두도 못 낸다. 인건비는 제쳐두고라도 생산단가가 너무 높다. 두 식구 사 먹는 것이 더 경제적이겠지만 그렇다고 잡초가 우거지게 놔둘

처지도 못 된다.

좋은 것은 이웃과 친지에게 나누어 주고 우리는 제대로 된 것 한번 먹어보지 못한다. 받는 사람도 처음에는 고마워하더니 횟수가 늘수록 무덤덤해지는 것 같고, 어떤 때는 귀찮아하는 것 같은 생각이 들어 주는 내가 더 미안해할 때가 있다.

텃세 또한 만만치 않다. 나이가 드니 허리와 관절이 아프고 얼굴은 기미로 도배를 하니 밭일이 운동 삼아 시적시적 즐기는 것이 아니라 버거운 짐이 됐다. 막상 퇴직하였을 때는 교통이 좋고 병원이 가까우며 등산을 할 수 있는 봉의산 밑 내 집에 미련을 버리지 못해 전원주택의 꿈을 접고 말았다.

인간은 사회적 동물이라는데 가족과 함께 지지고 볶으며 살고, 경제생활을 하고, 사람과 부딪치며 대화를 나누며 살아야 하는 것이 아닌가. 밑바닥까지 떨어져 본 사람만이 생명의 소중함을 알고 매사에 감사할 줄도 안다. 기쁨이 있으면 눈물을 흘리거나 가슴앓이를 할 일도 생긴다. 이 모든 것이 가족이 있고, 이웃이 있고, 사회구성원이기에 가능한 일이다.

윌리엄 바렛은 세 개의 눈을 가지고 있다고 했다. '신을 바라보는 수직의 눈, 먼 역사와 인간을 바라보는 눈, 자신의 내면을 통찰 할 수 있는 내향적인 눈'이다. 이 세 가지에 눈을 떴을 때 자신의 내면을 바라보는 삶은 풍요롭고 아름답다고 했다.

계절마다 자연에서 얻은 것을 섭취하며 자연과 하나 된 삶이라고 만족해 하지만 그것은 사회와 인연을 끊다시피 해야 가능하다. 사바세계란 인도어로 참고, 용서하고, 가르쳐주고, 쓰다듬어 준다는 뜻으로 사람이 살아가는 모습이다. 우리는 지금 사바세계에 살고 있다. 많이 참고 용서하고 쓰다듬으며 더불어 살아야 한다. 나이 들어 가장 불쌍한 사람은 돈이 있는데 못 쓰는 주변머리 없는 사람이 아니요, 가족한테 사랑을 받지 못하는 사람이다.

산삼을 캐고, 버섯을 따고 석청을 얻는 것이 무척 신비하고 부러웠는데 '자연인' 촬영을 위해 미리 준비하여 둔 세트장에 불과하다는 말을 들으니 신선함이 무너졌다. 사회를 등지고 사는 것도 개인 취향이겠지만 그들의 노후가 걱정 없기를 바란다.

데칼코마니(Decalcomania)

　요즘 아이들은 호기심이 많고 에너지는 넘친다. 끊임없는 질문에 입이 마르고 같이 놀아주느라 체력이 달린다. 할머니가 전에는 다르게 말했다고 따질 때는 말문이 막히기도 한다.

　그림 그리기를 좋아하는 외손녀에게 백지와 색연필을 주면 그림을 그리는 동안 다른 일을 할 수 있다. 오늘은 그림물감을 가지고 데칼코마니를 하며 시간을 보냈다.

　데칼코마니는 반으로 접거나 다른 종이를 겹친 후 누르고 문질러서 떼어내는 미술의 한 영역이다.

　백지에 여러 색의 물감을 짜 놓고 반으로 접어서 문지르자 오색찬란한 나비가 날개를 펼치고, 새와 꽃, 추상화가 나온다. 마술게임을 하듯 좌우대칭으로 나타나는 문양에 아이는 신이 났다. 손과 옷은 물론 바닥도 물감이 묻어 난장판이 되지만 오늘의 놀이가 오래 기억되기를 바라며 그림물감을 꾹꾹 짰다.

아이와 놀면서 부부의 외모나 성격 중 좋은 점만 데칼코마니처럼 닮 았다면 아이와 싸울 일 없으니 얼마나 편할까 하는 생각이 들었다. 부 부 싸움을 하고 난 뒤에 아들이 하는 행동에서 남편 닮은 모습만 눈 에 띄어 엉뚱하게 아들이 피해를 볼 때가 있다.

딸 둘을 낳은 후 남편은 예비군 훈련을 갔다가 정관 수술을 하고 왔 다. 종갓집이라 대를 이을 아들을 바란 시어머니는 무척 서운해 하셨 지만 아들을 낳아야 한다는 부담에서 해방이 되어 편했고 어려운 결정 을 한 남편이 고마웠다.

작은딸을 유치원에 입학시킨 후 예쁜 옷을 사 입고 봄 소풍을 갔는 데 김밥에 든 소시지 냄새에 비위가 상했다. 진찰결과 임신이란다. 온 몸에 힘이 빠지는데 가슴은 쿵덕거렸다.

'둘만 길러 잘 기르자.' 고 둘만 낳기를 장려하던 시대라 셋째는 의료 보험 혜택도 없었고 미개인 취급을 받던 시대다.

'버선목 같아야 뒤집어 보인다.' 는 속담이 나를 두고 한 말일 줄이 야. 중절 수술을 받으면 의심을 하겠고, 유전자 검사를 하려면 아들이 든 딸이든 낳아야 할 것 같아 고집을 피웠다. 망설임 없이 당장 중절 수술을 받고 오란 남편이 야속하기만 했다.

너희가 단산했어도 조상이 대를 이어주느라 아들을 점지해 주셨다 는 시어머니 말씀에 또 딸을 낳을까 봐 겁도 났다. 임신 사실을 모르고 감기약을 여러 번 먹었으니 혹여 장애를 가지고 태어나면 그 원망은? 배가 불러올수록 피를 말리는 시간이었다.

아들이 태어난 기쁨도 잠시 보는 사람마다 아빠를 닮지 않았다는 말에 괜히 죄지은 사람처럼 목이 메어 미역국이 소태처럼 썼다. 데칼코마니처럼 판박이는 아니라도 어느 한 곳만 닮았어도….

아들이라 좋은지 유모차를 사 온다, 세탁기를 사 온다 하면서도 술 취하면 발가락이 닮았지? 하며 눈치를 본다. 유전자 검사를 하자고 방방 뛰어도 딴청을 한다. 술 취한 날은 유독 잠을 험히 자, 깔아 죽이겠다고 뺏어도 발가락이 닮은 내 새끼라며 아이를 안고 잠이 들었다.

커갈수록 외삼촌을 빼어다 박은 것처럼 닮았는데 부자의 목소리는 똑같다. 전화를 받을 때마다 나도 구별을 못 하니 다른 사람이야 말해 뭐하겠는가. 외모는 다르지만 식성은 물론 성격까지 부자가 닮았다. 성인이 된 아들은 완전히 아버지 편이다.

데칼코마니로 만들어지는 문양은 다양하다. 아이는 백지를 위에 얹고 찍어내는 것보다 반으로 접어서 문지르는 것을 더 좋아한다. 마르기를 기다리며 온 방에 펼쳐 놓고 엄마에게 자랑하고 싶어 시계를 보고 있다.

딸과 나의 30대 사진을 대칭으로 놓으면 데칼코마니다. 내일은 그림책을 펼쳐 놓고 어미와 새끼를 맞게 찾아 줄 긋는 놀이를 하여야겠다.

가미카제야 멈추어라

눈을 부릅뜨고 적의 군함을 향해 사선으로 내리꽂히는 가미카제 특공대를 보는 순간 소름이 쭉 돋는다. 불꽃으로 산화하는 순간 가족들도 함께 지옥으로 떨어지는 느낌이었을 것이다.

태평양전쟁 막바지에 군자금과 무기, 식량이 부족한 일본은 패할 수밖에 없었다. 미국에 타격을 주기 위한 최후의 수단으로 조국의 영광을 위해 기꺼이 목숨을 바치겠다는 젊은이들로 특공대를 조직했다. 대부분 경폭격기인 가미카제 비행기는 폭탄과 연료탱크를 채운 뒤 이륙하여 시속 960km 속력으로 적의 함대에 돌진해 충돌하는 자살공격대다.

가족에게 쓴 유서를 동봉해서 보내고 천황이 내려준 사케를 받아 마신 후 "천황폐하 만세"를 외치고 항공기에 탑승하였다. 그들은 돌아올 연료가 부족하여 비행기와 함께 최후의 순간을 맞을 수밖에 없었다.

죽은 다음에 영웅의 칭호가 무슨 소용이 있겠는가! 명령에 복종할 수 밖에 없는 운명이지만 얼마나 살고 싶었을까? 젊었기에 더 안타깝다.

가미카제는 태풍의 이름이다. 몽골의 쿠빌라이 칸은 두 번이나 고려를 점령한 후 일본까지 점령하고 싶은 야욕을 품었다. 대륙지방에 있는 몽골은 수군이 약하고 배를 건조하는 기술이 고려에 뒤져 고려인들에게 선박건조를 시켰다. 고려와 몽골 군대가 출격했으나 두 번 모두 태풍으로 뜻을 이루지 못하고 많은 손실을 입고 돌아왔다. '신께서 일본을 보호하기 위해 바람을 보내주셨다.' 일본을 침략할 때 몽골함대를 침몰시킨 태풍의 이름이 '신의 바람' 즉 가미카제다.

태풍은 적도 가까운 5도 이내에서는 발생하지 않는 열대성 저기압이다. 물결이나 바람결의 흐름을 방해하면 물은 요동을 치고, 바람은 회오리를 일으키고 태풍이 되어 다른 것을 파괴하는 무기가 된다. 바람과 많은 비를 동반하고 있어 인명과 재산의 피해를 입히지만 생활하는데 유익할 때도 많다. 공기를 정화 시키며 바닷물에 산소를 공급하여 바다 생명을 키우고, 연안의 녹조를 소멸시키며 가뭄 해갈에 도움을 준다.

가끔가다 내 마음도 태풍이 일 때가 있다. 여섯째딸로 태어나 종부로 시집을 왔고, 평생 봉사를 하면서 살고 있으니 어찌 좋은 일만 있겠는가? 주변 사람들의 말과 행동이 파문을 일으켜 요동칠 때는 억누르려는 에너지를 만드느라 몸살을 앓기도 한다.

하늘과 땅이 맞붙어 맷돌질이라도 해야 풀릴 것 같은 독기를 품은 적도 있었다. 작은 물결이 자주 일면 더 큰 물결을 불러오는데 가족이 일으키는 파문은 한결 더 높다.

몰아치던 태풍도 새살이 돋으며 단단해져 어지간한 파문은 끄떡없이 넘길 수 있다. 나이가 들어가면서 크고 작은 파문에 맞서기보다는 아집을 버리고 시간에 기대면 파문은 시간의 흐름에 따라 잦아든다는 것을 깨달았다.

좋은 일이든 나쁜 일이든 과거에 대한 집착은 마음에 울혈을 만들어 내고 몸속에 있는 울혈은 건강을 잃는 원인이 된다. 제풀에 꺾여 스스로 잠들지 않는 한 그 무엇으로도 가라앉힐 수 없다. 외부로부터 들어오는 태풍과 스스로 만드는 태풍을 다스리는 지혜가 필요하다.

서럽게 하는 인연, 애타게 하는 인연, 사랑함으로 아픈 인연의 고리에서 벗어나고 싶다. 태풍은 우리 생활에 피해를 입히기도 하지만 유익한 때도 있어 필요한 존재이듯이 내 몸을 강타한 태풍도 삶의 에너지가 된다. 잔잔한 호수에 비친 노을은 마음을 편안하게 해준다. 바람아 노을을 오래 즐길 수 있도록 멈추어다오.

꼬꼬와의 동거

예전 농가에서는 집집이 닭을 키웠다. 봄철에 부화한 병아리는 귀한 손님 접대나 제사상에 오르면서 하나둘씩 줄어들었다. 계란찜은 손님 상의 반찬으로 요긴하게 쓰였고, 계란은 장날마다 내다 팔아 아이들 학용품값이나 용돈으로 쓰였다.

요즈음은 닭의 사육도 기업화되어 대량생산을 하고 있다. 폐사율을 줄일 목적으로 사료에다 다량의 항생제를 섞는다는 보도를 보고 무공해 유정란을 아이에게 먹이고 싶다는 욕심이 생겨 마당 한쪽에 조그만 닭장을 지었다.

풍물시장에서 토종이라는 수놈 한 마리와 암놈 네 마리를 사 왔다. 병아리는 어찌 먹성이 좋은 지 하루가 다르게 무럭무럭 자랐다. 반년 이 넘어 덩치는 한 아름씩 컸는데 알 낳을 기미를 보이지 않는다. 껑충 한 다리며 떡 벌어진 어깨는 수놈 같은데 꽁지깃이 작고 볏이 작아 수

탁과는 현저한 차이가 난다.

어느 날 아랫방의 친정어머니가 오셔서 보고는 "아니 수컷을 뭐 하려고 네 마리씩이나 키우고 있어요." 그 말을 듣는 순간 알 낳기만을 기다리며 매일 닭장을 들여다보았는데 맥이 빠졌다.

수탉이라고 생각하니 하는 짓마다 밉다. 뛰쳐나와 마당을 어지럽히다 낯선 사람이 오면 달려들어 쪼고, "꼬꼬댁~ 꼬꼬댁" 알 낳은 암탉 흉내를 내지 않나, 툭 하면 싸움질을 해, 벼슬에서 피가 뚝뚝 떨어진다. 싸움닭의 피를 이어받았는지 제일 작은놈은 이쪽저쪽 시비를 걸고, 덩치가 큰 놈은 머리를 땅으로 처박으며 구석으로 피하기 바쁘다. 덩치가 작으면 불쌍한 마음이라도 들 텐데, 덩치값도 못하니 볼 때마다 부아가 치밀어 올랐다.

남자가 머리를 길게 기르고 허리가 잘록한 여성스러운 옷을 입는 반면, 여성들은 남성화되어 뒤에서 보면 중성 같다. 세월 따라 사람만 변하는 것이 아니다. 닭의 외모도 중성화되었다.

토종닭은 지붕 위까지 훌쩍 날아오르는데 요즘 닭은 날개의 기능이 퇴화 되었는지 네 살 먹은 아이한테도 잡힌다. 꼬끼요.~ 시간을 알려주던 장 닭의 청아한 목소리와도 거리가 멀다. 청소년들을 닮아 고집이 센지 쫓아내도 텃밭에 들어가 상추를 뿌리까지 파먹으며 끝장을 내고 만다. 인스턴트 식품에 길들어져 편식이 심한 것도 닮았다. 식탐은 있어도 까다롭고 겁도 많아 움직이는 곤충을 주면 잡아먹기는커녕 쫓겨 간다.

시시때때로 성질을 부리며 명을 재촉하니 고집이 세고 사나운 놈부터 없애버렸다. 괴롭히던 놈들이 없어졌으니 시원할 법도 한데 의지 처를 찾지 못하고 안절부절 헤맨다. 닭장으로 들어가지 않고 여기저기 기웃거리는 것을 보면 동료를 데려오라고 시위하는 것 같다. 불쌍한 생각이 들어 시골에서 알 잘 낳는 예쁘장한 암탉 두 마리를 사다 넣어 주었다.

닭의 세계에도 강한 자에게는 약하고 약한 자에게는 강한지 제 세상을 만난 듯 텃세를 부린다. 암탉을 쪼고 짓밟아 죽이기 직전이다. 시간이 지나면 괜찮거니 하였는데 암탉이 낳은 알까지 쪼아대며 날뛴다. 암탉 두 마리가 수탁 하나를 이기지 못하고 죽는 소리를 내며 도망칠 구멍만 찾는다.

"너도 참 복에 겨워서 제 분수를 모르고 명을 재촉하고 있구나." 사람이나 짐승이나 자기 분수를 알아야지 도가 지나치면 해를 입게 되어 있단다. 안타깝지만 유정란을 먹겠다는 꿈을 접고 수탁을 제거할 수밖에 없었다. 이제 닭장은 평화가 오고 암탉 두 마리는 매일 알을 낳고 있지만 늠름한 장닭이 없으니 잔치 음식에 고명이 빠진 것 같이 밋밋하다.

아이는 닭장에서 계란을 꺼내오는 일을 좋아한다. 금방 낳은 계란을 제 볼에 비비며 따뜻한 촉감을 즐기고 있다. 매일 계란을 받는 재미도 쏠쏠하다. 음식을 남겨주고 야채를 씻어주며 꼬꼬와 동거를 한다. 오랫동안 동거를 하고 싶은데 닭의 평균 수명은 몇 년쯤 되나?

누워 크는 나무

행복공장에 오니 집안일에서 해방되어 아침 시간이 느긋하다. 산책
길이 잘 정비되어 있으니 아침 산책을 하는 것이 좋다는 말을 듣고 산
책을 나섰다. 5월 초 싱그러운 신록, 상큼한 아침 공기, 춥지도 덥지도
않으니 숲으로 향하는 발걸음이 가볍다.

'천천히 여유를 가지고 봐야 힐링이 된다. 눈은 창문이고 보는 것은
마음이다.'

뽀얀 손을 내민 고사리, 나무를 타고 오르는 담쟁이의 윤기 나는 순,
길옆으로 비켜서 방긋 웃는 제비꽃, 세상을 향해 조심스럽게 움트고
있는 순결한 어린잎들, 새들이 포롱포롱 환영 인사를 하고…. 새순의
푸른 향기에 푹 빠져버린다.

'다정히 손잡고 거닐던 오솔길이~' 콧노래가 절로 나온다.

가슴을 펴고 숲의 향기에 취해 심호흡하며 천천히 걷는데 아! 뿌리를
반쯤 하늘로 향한 채 혼자 누워있는 낙엽송! 순간, 언젠가 태풍의 피해

로 산사태가 났을 때 강촌의 산비탈을 비로 쓴 것처럼 누워있던 낙엽
송의 모습이 떠오른다.

어린아이 몸통만 하게 몸피를 늘렸는데 태풍에 맥을 못 추고 쓰러졌
나 보다. 낙엽송은 성장 속도가 빠르고 목리가 예쁜데 뿌리가 약한 것
이 흠이다. 낙엽송 밀집 지역에서는 태풍에 쓰러진 나무가 다른 나무
를 덮쳐 산사태가 발생하기도 한다. 독성을 분비하는 침엽수 밑에는
다른 식물이 자라기 힘들어 식물의 다양성에도 좋지 않은 나무다.

쓰러진 낙엽송은 뿌리의 절반을 하늘로 쳐들고 있을망정 가지마다
푸르게 싹을 틔워 생명을 이어가고 있다. 절반의 뿌리로만 물과 양분
을 퍼 올리며 살아가는 생명이 신비하고 경이롭기까지 하다.

키 큰 침엽수는 눈이 쌓일 새 없이 조그만 바람에도 떨어지는데 누
워있으니 몸 전체로 눈의 무게를 감당해야 한다. 찬바람과 섬뜩한 폭
설까지 온몸으로 받으며, 장소나 바람을 탓하지 않고 누운 채로 묵묵
히 삶을 이어가는 모습이 참으로 장하다. 손을 내밀어 일으켜 세운 후
꼭꼭 밟아가며 흙으로 뿌리를 덮어주고 싶다.

약한 것은 대가 끊기고 강한 것이 영역을 넓혀가는 이치는 이곳이라
고 다르겠는가. 옆으로 누워서도 성장을 멈추지 않는 낙엽송은 나물죽
을 먹고 손톱이 닳도록 일하며 묵묵히 삶을 이어온 우리 어머니들처럼
강인한 모습이다.

모진 시집살이, 가난, 전쟁의 참상, 여성으로서의 차별, 등 부족한 것

이 많지만 불평을 하기보다는 안으로 삭이며 어른을 받들고 자식들 공부를 시켜 이만큼 살 수 있도록 만든 일등공신이다. 비바람을 운명이라며 믿으며 순종하였다. 어른이 계시고, 남편과 자식, 집안일… 가슴에 걸리는 일이 한 둘이 아니니 죽으려 해도 죽을 수 없는 목숨이다. 나무 하나하나가 모여 숲을 이루듯이 우리 어머니들의 강한 힘과 사랑이 가정을 지켜냈다.

쓰러진 낙엽송으로 인해 햇빛을 잘 받으며 크는 나무들이 있는가 하면 땅으로 향한 쪽은 이끼들이 파랗게 세를 넓혀가고 있다.

'세상에는 좋은 것도 나쁜 것도 없이 각자의 생각에 따라 다르다.' 한다. 건조한 곳, 습한 곳, 척박한 능선에 자리 잡고… 나무의 본성에 따라 좋아하는 자리에서 싹을 틔우고 자란다. 뿌리를 드러내 비탈길에 계단을 만들어 주고, 바위틈에 자리 잡고, 흙을 붙잡고, 길섶에서 밟히며 크는 풀 포기까지 어느 것 하나 모나지 않게 순리를 지키며 숲을 이루고 있다.

쓰러진 낙엽송이 숲의 한 부분으로 푸른 생을 이어가고 있는 모습을 보니 늘 투정만 하였는데 감사할 일이 참 많다. 우리도 숲과 같이 서로 양보하며 어우러져 살라 한다. 숲은 사람의 마음을 순화시켜 준다.

관심이 사랑이다

'자세히 보아야 예쁘다.'

자세히 보고, 오래 보려면 관심이 있어야 한다. 귀찮게만 여겼던 달개비 꽃의 청순함을 가슴에 안고 온 날이다.

농사를 짓는데 파종 때부터 가뭄이 심해 싹이 트지 않았고, 좀 자란 싹도 말라 비실비실하니 보고만 있을 수가 없어서 연실 물을 퍼 날랐다. 마른 땅에 물을 섣불리 주면 오히려 가뭄을 더 탄다고 해도 그동안 들인 공이 아까워 손을 놓고 있을 수 없었다.

농사를 짓다 보면 풀과의 전쟁을 치러야 한다. 그렇게 애태우던 비가 늦여름부터 연일 내려 잡초가 밭을 차지하였다. 볕이 내리쬐고 가물었을 때 뽑은 풀은 쉽게 죽지만 비가 와 젖은 땅에 있는 풀은 뽑혔을 때 뿌리에 흙이 남아있어서 잘 죽지 않는다.

제초제를 치자는 남편과 제초제를 치면 토양이 오염되고 우리 가족이 먹을 농산물에 잔유 농약이 남는다는 이유로 싸움을 하며 풀 뽑기에 열중했다.

뿌리가 약해 금방 뽑히는 풀은 생명력이 강해 땅에 닿거나 마디가 끊겨도 새 뿌리를 내리지만, 줄다리기하며 힘들게 뽑아낸 풀은 성미가 급한지 빨리 죽는다. 더디게 크는 나무는 단단하고 가시가 있는 나무는 물러 쉽게 자를 수 있다.

쇠뜨기는 잘 죽지 않고, 달개비는 마디가 끊겨도 새 뿌리를 내리고, 쑥은 뿌리가 조금만 남아도 싹을 키운다. 이들은 제초제를 뿌리면 죽은 척 누렇게 말랐다가도 끈질기게 생명을 이어간다.

달개비는 땅을 기다가 햇빛을 찾아 위로 올라 작물을 덮고, 잡아당기면 마디가 끊기며 반항을 한다. 걸어 놓으면 걸쳤다고 살아나고, 던져 놓으면 던졌다고 살아난다던가.

어느 날, 김을 매다가 지쳐 쉬고 있었다. 반송 묘목을 키우고 있는데 그 위에 달개비 꽃이 보자기를 펼쳐 놓은 듯 곱다. 새파란 비단 나비! 이슬을 머금은 파란색이 눈이 부시다. 무심코 뜯었더니 두 장의 꽃잎이 하트를 만들고 있고, 아래를 향한 노란 꽃술이 천사의 속눈썹같이 길게 뻗어 있다. 녹두 알만한 씨가 두 개 들어있는 꽃받침을 펼치니 완벽한 하트다. 기특하게도 온몸으로 하트를 그리고 있지 않은가! 눈여겨보지 않았는데 자세히 보니 참 예쁘다.

옛날, 시집간 딸이 보고 싶은 아버지는 이른 아침 딸네 집을 찾아가셨다. 반가움을 말해 뭐하겠는가? 하지만 가난한 딸은 아버지께 밥을 지어 올릴만한 양식이 없었다. 텃밭에서 김을 매던 딸은 "아버지, 이 달개비가 마르면 밥을 지어드릴 테니 기다리셔요." 하며 허리를 펴지 못하고 김만 매고 있었다. 달개비의 생리를 잘 알고 계신 아버지는 허기진 채 슬그머니 돌아오셨다 한다. 따신 밥 한 끼 지어드리지 못하는 딸과 슬그머니 돌아와야 했던 아버지의 가슴에 연민의 정이 들어있을 것이다.

작은 꽃에도 갖출 것을 다 갖춘 섭리가 오묘하다. 가을꽃은 도라지, 용담, 투구꽃, 달개비같이 파란색이 많다. 자손을 번식하기 위해서는 벌과 나비를 불러들여야 하는데 단풍과 색이 같으면 눈에 잘 띄지 않기 때문에 파란색으로 진화했다니 그 지혜가 놀랍다.

뽑아내기에 열중했던 달개비 꽃을 오늘 자세히 보았고 고운 모습을 가슴에 품고 왔다. 살아가면서 무심코 지나치거나 관심을 갖지 않고 뽑아버린 것이 어디 달개비뿐이겠는가.

사람과의 관계도 관심이 있어야 진심을 느낄 수 있다. 나이 들어 새로운 인연을 맺기보다는 맺어진 인연에 감사하며 지키려는 노력이 더 값지다. 사랑은 상대적이라 내가 베푼 만큼 돌아오더라.

'오래 보아야 사랑스럽다.'
'너도 그렇다.'
— 나태주의 「풀꽃」

봉황고성 노천극장에서 공연을 보다

중국의 4대 고성중 하나인 봉황고성은 후난성 샹시 투자족 먀오족 자치주에 속해있다. 젖줄인 퉈강에서 고기를 잡고 빨래를 하며 야채를 씻는 사람들과 만났다. 개미 굴 같이 펼쳐진 골목에는 수 천 년 동안 한민족과 겨루며 살다가 변방으로 밀려난 소수민족의 애환이 담겨 있다.

1902년에 태어나 86세에 세상을 떠난 심종문의 생가를 방문하였을 때 안내원이 그의 소설 「변성」이 공연을 하고 있으니 표를 예매하면 근무시간이 끝난 후 안내해주겠다고 하였다.

심종문은 공산화된 중국에서 사상적으로 비주류에 내몰려 절필을 한 작가다. 노신 다음으로 인기 있고, 작가의 작품 중 소설 변성(邊城)이 1988년 노벨상 최종후보에 오르며 봉황고성도 널리 알려지게 되었다.

변성은 변두리 땅이란 뜻으로 유토피아 같은 곳이다. 그 안에 사는 사람들은 한결같이 착해 대가를 바라지 않고 서로 도와주며 산다. 갈등도 없고 큰 사건도 없이 강을 오가며 느리게 산다. 중국의 변방이며 문화의 변방이지만 독자적인 문화와 정신을 잃지 않고 살아가는 소수민족의 저력과 사상이 담긴 이야기다.

노천극장인데 입장료가 비싸다. 땀을 뻘뻘 흘리며 언덕을 한 참 오르자 천막으로 가린 극장의 무대와 객석이 골짜기 하나를 다 차지하고 있다. 출연자가 200명이 넘는다더니 크기뿐만 아니라 중국인이 좋아하는 붉은색과 오방색으로 치장한 무대 장치에 입이 떡 벌어지고 대륙의 저력에 전율이 일었다.

이루어질 수 없는 사랑의 결실로 태어난 취취와 어부인 할아버지가 강에서 고기를 잡으며 개와 함께 평화롭게 살았다. 미모가 빼어난 취취를 사냥꾼인 두 형제가 사랑하였는데 형이 사고로 강에 빠져 죽자 동생은 마을을 떠났다. 할아버지가 돌아가시고 혼자 남은 취취가 사랑하는 사람을 기다리는 내용이다.

분홍과 연록의 봄, 폭우가 쏟아지고 천둥이 쳐 땅이 요동을 치고, 아름다운 단풍, 세상이 흰색으로 덮이는 자연에 순응하며 살아가는 착한 사람들의 삶이 잔잔하게 묘사되어 있다.

다동(茶洞) 마을 청년들이 단오놀이로 물에서 첨벙첨벙 뛰고, 구르고, 물싸움하며 개구쟁이같이 뛰어논다. 물방울이 객석으로 튀었지만 넘치는 에너지에 구경꾼도 신났다. 아랫마을과 윗마을 청년들이 풍년을 기원하며 편을 나누어 기마전 같은 물싸움을 하고 빨래를 하던 아낙들까지 가세해 물싸움이 벌어지고… 더운 날씨 탓도 있겠지만 흥겨운 음악에 맞춰 축제를 벌이는 그들과 함께 물에 뛰어들어 춤추며 놀고 싶었다.

순진하게 자라는 취취는 단오 축제에서 나송이란 청년을 만나 묘한 감정을 느끼지만 그것이 사랑이란 것을 깨닫지 못했다. 2년이란 세월이 흐른 후 취취가 사랑에 눈이 떴을 때는 나송과 그 동생도 취취를 사랑하고 있었다.

형제와의 삼각관계지만 유치하지 않다. 사랑을 차지하기 위한 남자들의 결투를 씩씩하고 활기찬 율동으로 보여주고 있다. 사랑은 이렇게 하는 것이라고 두 사람은 몸짓으로 뿜어내며 한 치의 망설임 없이 땅과 하늘에서 사랑을 나눌 때 세상은 무릉도원이었다. 곡예사같이 줄에 매달려 당기고 밀며 세상을 다 얻은 것 같은 기쁨을 표출하였다. 달을 보아도, 빨래하면서도, 머릿속에는 오직 사랑하는 사람 생각뿐, 새들의 지져 김에는 사랑하는 사람이 부르는 노래가 들어있고, 나비의 춤에는 기다림이 들어있다. '사랑은 서로 바라보는 것이 아니라 나란히 앉아 같은 방향을 보는 것.' 이라는 말처럼 눈빛만으로도 서로의 마음을 읽는 사랑. 세상 만물이 자신들을 위해 존재하는 듯 행복해하였다.

세상일이란 항상 사람이 정해 놓은 계획표대로 흘러가지 않는다. 하늘이 시샘했는지 나송이 물에 빠져 죽었다. 묵묵히 강에서 고기잡이로 생업을 이어가는 할아버지가 "너는 어찌 그리 네 엄마 팔자를 닮았냐."며 부르는 애절한 노래에 숨조차 쉴 수 없을 정도로 가슴이 아려왔다. 슬프게 우는 개까지 천연덕스럽게 연기를 하였다.

신부 복장을 한 취취가 간절히 원하는 것은 무엇이었을까? 화려하게 꾸민 가마가 나타나자 저 가마를 타고 가서 동생과 만나 행복하게 살았으면 하고 기대를 하였는데 가마는 그냥 허공을 가르며 지나쳤다.

"나는 과거에도 당신을 기다렸고, 지금도 당신을 기다리고 있으며, 앞으로도 영원히 당신을 기다릴 거"란 신랑이 아닌 취취 스스로 면사포를 넘기며 마음을 달래는 애절한 노래 위로 눈이 펄펄 날리고 있었다.

권선징악에 익숙한 나에게 마지막 장면은 강한 울림으로 다가왔다. 사대부 집안의 체면이 무엇이기에 정혼한 남자가 죽자 흰 가마를 타고 시댁에 들어가 집안을 일으킨 혼불의 주인공 청암 부인이 생각났다.

긴장감 없이 잔잔한 물결 같은 이야기지만 수묵화처럼 맑고 깊었다. 중국어는 잘 모르지만 몸짓 언어로도 감동받기에 충분했다. 취취의 가슴속에도 따뜻한 불씨 하나 지필 수 있기를 간절히 바라며 밀물 듯이 빠져나가는 관객 속에 묻혔다.

마음 비우기 연습

군에 간 아들이 일곱 달 만에 첫 휴가를 나온다. 아이가 좋아하는 음식과 과일을 골고루 사다가 냉장고 안에 가득 채워 두었다.

눈이 자꾸만 시계로 갔고, 골목길을 오가는 발자국 소리에 신경이 쓰였다. "엄마" 아들의 음성을 듣는 순간 아무리 진정을 하려고 애를 써도 가슴이 벌렁거리고 뜨거운 것이 목젖을 타고 올라왔다. 양팔을 벌려 아들을 힘껏 끌어안았지만 남자답게 딱 벌어진 어깨에 내 팔이 반 밖에 안 돌아간다.

아들이 군에 가 있는 일곱 달 동안 일어났던 일들을 조곤조곤 들려주고 싶고, 군 생활이 어떠했는지 궁금한 것도 많은데… 어미의 심정을 외면하고 피곤하다며 제방으로 들어가 잠부터 잤다. 고기를 볶고 국을 데우기 여러 번 반복하는 동안 해가 기울어졌다. 부스스 일어난 아들은 엄마의 정성을 마다하고 라면이 먹고 싶단다. 휴가 내내, 정오

쯤 되어 대충 씻고 나가면 술에 절어 새벽에 들어와 쓰러지는 날들이 연속되었으니 어느 날은 아들에게 말 한마디 못 붙이고 하루가 갔다.

군대에 가 있는 동안 친구들을 자주 만나지 못하였으니 좀 덜 하려나 하였는데 친구를 좋아하고 몰려다니는 버릇은 여전한 것 같다. 이번 휴가가 끝나면 내년 초에 오게 되는 아들과 매일 싸울 수도 없고 참는 내 속만 연일 부글부글 끓어 입맛이 없다.

아들 휴가에 맞추어 피서를 가려고 예약을 해 두었는데 "내 걱정은 말고 아빠와 두 분이 다녀오셔요." 맥 빠지는 소리를 하였다.
귀대 시에는 삼복더위에 여러 번 버스를 갈아타는 것도 힘들겠고 부대 앞까지 데려다주어야 마음을 놓을 수 있을 것 같아 남편은 휴가를 신청하여 놓았다. 부대 가까운 식당에서 등심이라도 구워 든든하게 먹여 보내고 싶은 어미 심정을 알기나 할까?

일어나자마자 군복을 챙겨 입고 혼자 가겠다고 우겼다. 징징 우는 여자 친구를 달래 줄 겸 둘이서 같이 가기로 이미 차표까지 끊어 놓았다며 뒤도 돌아보지 않고 성큼성큼 가 버렸다. 멀어지는 아들의 뒷모습이 야속해 눈을 치떠도 자꾸만 눈물이 찔끔찔끔 흘렀다.

아직은 술 냄새가 풀풀 나는 아들의 침대에 누워 곰곰이 생각해 보았다. 군에 가서 집안 걱정과 장래에 가질 직업 걱정까지 하는 편지를 받을 때마다 철이 들었다고 기특해했다. 여태 하늘이 내린 천륜이고 사랑이라고 끌어안고 사는 것이 도리인 줄만 알았는데 아이는 어느새 성년이 되어 어미 품에서 벗어나고 싶은가 보다. 아들이 대학생이 되면 사촌이 되고, 군에 가면 팔촌이 되며, 장가들면 사돈의 팔촌으로 멀어진다더니 전혀 틀린 말이 아닌 것 같다는 생각이 들었다.

언제인가 T.V에서 매의 성장 과정을 본 기억이 난다. 부화한 새끼에게 처음에는 먹이를 토해 주다 잘게 찢어 주었다. 새끼가 어느 정도 성장하면 산채로 주고 더 크면 아예 공중에서 떨어뜨려 주며 사는 법을 가르치고 있었다. 다 자랐다는 생각이 들었는지 높은 바위 위로 데리고 가서 푸득푸득 날갯짓을 하는 새끼를 과감하게 내몰아 비행을 시켰다. 단호히 정을 끊고 어린 것을 보내는 것이 진정한 사랑이었다.

종손이란 이유로, 첫딸과 8년의 나이 차이가 난다는 이유로, 나는 늘 아들 곁에서 서성거렸다. 부모에게 자식이 무엇이기에 내 행복에는 자식의 행복이 필수 조건이라고 생각하고 아들의 짐까지 지려고 하였을까? 필요한 것이 있다는 전화를 받을 때마다 우체국으로 달려가서 남편 몰래 물품 속에 용돈까지 깊숙이 숨겨서 택배로 부쳤다. 군 생활을 제대로 못 하면 사회생활인들 잘 할 수 있겠는가. 반듯한 사회인으로 성장할 수 있도록 아들에 대한 집착을 털어내고 마음을 비우리라 다짐을 해본다.

아들이 뿌리를 내리고 살아야 할 곳은 내가 쓴 우산 밑이 아닌데 나는 왜 그 생각이 이제야 나는 걸까. 제대하고, 직장 갖고, 결혼하고…

같이 부대끼며 사는 날을 계산해 보니 그리 많지 않은 것 같다.

　욕심을 덜어내고 마음을 비우는 일이 아들과 나 모두에게 도움이 된다는 것을 알고 있지만 생각처럼 쉽지는 않을 것이다. 결혼하여 일가를 이루고 살 때까지 날마다 조금씩 마음 비우기 연습을 해 두어야 할 것 같다.

　"아들아 이제부터는 네 세상으로 높이 높이 날아라. 그래도 삶의 짐이 버거울 때면 언제라도 엄마의 그늘에서 푹 쉬었다 가거라."

마림바 연주

　　요술 방망이처럼 휘두르는 마림바 연주에 매료되는 순간이다. 건반 밑으로 곡선을 그리며 부드럽게 늘어진 울림통에서 환상적인 선율이 흘러나온다. 마림바의 음색은 아름다우면서도 담백하다. 실로폰같이 건반을 두드리는 5옥타브의 음넓이를 가진 타악기다. 장미나 마호가니로 만들어 습도나 온도에 민감해 실내에서 연주하기에 적합한 악기다.

　　마림바는 가락을 연주할 수 있고 리듬을 연주할 수 있다. 부드러운 말렛은 낮은음을, 딱딱한 말렛은 높은음을 연주한다. 빠르고 느린 템포, 길고 짧은 공명의 소리가 5개의 옥타브를 넘나든다. 특이한 것은 고무와 천을 둥글게 말아 만든 6개의 말렛. 양손 가락에 두 개씩 끼워진 말렛이 바뀌며 건반 위를 날아다닌다. 손놀림이 얼마나 빠르고 정확한지 마치 로봇이 마렛을 바꿔가며 춤을 추고 있는 것 같이 흥겹다.

오케스트라는 귀로 듣는 즐거움도 있지만 줄 맞추어 배열된 악기들이 질서 있게 움직이는 모양과 각 악기의 소리를 찾아보는 즐거움도 있다. 가냘픈 선율이 있는가 하면 깊고 넓은 소리가 가슴을 파고들기도 한다. 지휘자의 손끝에 정신을 빼앗겼다가 일사불란한 앞줄 바이올린 활에 고개가 따라 움직이고 사람의 소리를 닮았다는 콘트라베이스, 심연 깊은 곳에서 울려오는 묵직한 소리로 다른 악기의 소리를 포용하는 첼로에 귀를 기울인다. 절정의 순간에 "챙" 심벌즈가 울리면 몸에 전율이 인다.

연주 중간쯤에 마림바 독주가 흐른다. 마림바는 아프리카 흑인들이 남미대륙으로 끌려갈 때 가지고 간 악기다. 흑인을 대표하는 흑인 영가가 있고 마림바 음악이 있다.

유럽에서 온 상인들은 원주민들을 붙잡아 배에 싣고 가서 광산, 공장, 농장은 물론 집안일까지 시키는 노예로 팔아버렸다. 탈출할 수도 없고 고향으로 돌아갈 수도 없이 대를 이어가며 노예 생활을 하였다.

그들의 한이 좀 많겠는가! 그들은 가슴에 쌓인 서럽고 힘든 삶을 음악으로 승화시켜, 타악기를 두드리고 춤을 추며 자연과 하나 되는 그들만의 삶이 녹아있다. 애잔한 선율 속에는 고향으로 돌아가고 싶은 절절함이 담겨 있지만 결코 처량한 소리는 아니다.

섬세한 말렛이 건반 위를 오가며 건반을 두드리고 쓰다듬으며 선율을 만들어내면 실내는 은은한 향기가 감싸는 것 같다. 바람 스치는 소리, 시냇물이 흐르는 소리는 달콤한 꿈에 취한 듯 평화롭다.

몸을 잔뜩 굽히고 납작한 돌을 주워 물수제비를 뜨면 물 위를 튕겨 가는 소리가 저럴까? 눈 위를 구르고 뛰며 토끼몰이를 하던 친구들의 함성 소리, 스님의 목탁 소리, 고드름이 녹아떨어지는 물방울 소리… 쪼르륵, 퉁! 퉁! 탕! 혼신 다한 역동적인 울림에 심장이 뛴다. 천의 소리 가 자유자재로 굴러다닌다.

고전음악을 듣고 자라면 병충해에 강해 더 풍성한 수확을 얻을 수 있고, 발효 음식은 깊은 맛이 나며, 젖소는 우유의 양이 늘고, 꽃은 향 기가 진하다 한다. 동식물도 그러한데 사람이야 더 말해 무엇하겠는 가! 음악으로 심리치료를 할 만큼 영력을 넓혀가고 있으며 우리 생활 에 많은 영향을 끼친다.

나이 들어 악기 하나쯤은 다룰 줄 알면 좋을 텐데… 진작 배우지 못 한 것이 후회된다. 내신 성적을 높이기 위해 아이들에게 피아노 학원은 보내면서 색다른 악기를 배운다는 것은 특권층만이 누릴 수 있는 호사 로만 여기고 관심조차 두지 않았다. 이제라도 손녀가 치는 피아노 옆 에 앉아볼까. 마림바의 맑은소리가 귓전을 맴돈다.

희망의 쿠키

아름다운 가게에는 공정무역 상품이 있습니다. 우리 밀 제품과 필리핀서 생산한 설탕이 있고 장애우들이 만든 쿠키도 있습니다.

마스코바 설탕은 필리핀 섬에서 사탕수수를 갈아 즙을 짜내 솥에다 넣고 저으면서 끓여 응고되면 체로 쳐서 설탕을 만들고 있었습니다. 위생적이지 못하고 생산량도 적어 아빠와 아이들이 설탕 만드는 일을 하고 엄마는 외국에 나가 가정부 일을 하며 돈을 벌고 있었습니다.

그들을 돕기 위해 설비시설을 갖춰주니 생산량이 늘어난 반면 판로는 한정이 되어있는 것이 애로점이었습니다. 그래서 아름다운재단에서는 미레랄 등 영양소가 풍부하고 첨가물이 없어 건강에 좋은 설탕을 열심히 홍보하며 팔아주고 있습니다.

수입이 늘자 외국에 취업했던 엄마가 돌아와 화목한 가정을 만들고 아이들은 학교에 갑니다. 작은 정성이 모여 가정을 일으키고 건강한 사회를 만들고 있다니 감동을 받았습니다.

　장애우들이 몸에 좋고 맛도 좋은 쿠키를 만듭니다. 경기도 일산에 있는 사단법인 위캔(WE CAN) 센터입니다. 원장 수녀님과 38명의 장애우들이 우리 밀을 비롯해 모든 재료는 국산 100%로 방부제나 첨가물을 넣지 않고 쿠키를 만들고 있습니다.

　대기업은 재료를 대량으로 구입을 하고 자동화 시스템으로 생산하기 때문에 원가가 내려가지만 모든 공정을 손으로 하고 규격이 맞는 제품만 판매하기 때문에 조금 비싼데 맛이 좋고 모양도 예뻐 자꾸 손이 가는 쿠키입니다.

　최저임금과 근로시간 엄수로 대학을 졸업한 사람도 취직하기가 쉽지 않은 때입니다. 하물며 장애인들이 정규직으로 능력에 맞는 임금을 받고 자립 생활을 할 수 있다니 꿈만 같은 이야기입니다.

　장애인을 둔 가정은 늘 근심에 쌓여 있었고 만나는 어머니마다 나보다 하루 먼저 하늘나라로 가는 것이 소원이란 말을 들은 수녀님이 나라가 책임을 못 지면 내가 그들을 위해 헌신하자 결단을 내리셨답니다.

　장애우들은 한 가지 일을 숙달하는 데에만 6개월이 걸리며 자기가 맡은 일 외에는 전혀 관심조차 두지 않는답니다.

　공정마다 생산자의 이름을 써넣어 자부심과 책임감을 키워 줍니다. 장애우들은 기술을 익히는 시간은 많이 걸리지만 기술을 익히면 머리를 굴리지 않고 정직하게 맡은 일만 합니다. 그들은 자부심도 대단합니다.

기술을 익혔고 월급을 받으니 자립할 수 있습니다. 월급을 타면 그 돈으로 무엇을 할 것이냐 묻는 기자 질문에 활짝 웃으며 엄마에게 빵을 사다 드리겠답니다. 빵을 좋아해서 엄마가 늘 빵을 사다 주셨는데 이제는 내가 번 돈으로 맛있는 빵을 엄마에게 한 보따리 사다 드리겠다니 얼마나 마음씨가 곱습니까? 엄마는 세상에서 가장 맛있는 빵을 먹을 것입니다.

장애는 선천적인 것도 있지만 후천적인 장애도 있습니다. 원장 수녀님은 주문이 적어도 직원들을 내보내지 않겠다고 약속하셨고 그들의 복지에도 많은 관심을 가지고 계십니다.

직원 모두 한 송이 꽃입니다. 항상 환하게 웃으며 즐겁게 일을 하니 그들이 생산한 과자는 맛이 있습니다. 일산공장을 방문해 원장 수녀님의 강의를 듣고 선물로 받은 쿠키를 어린 손녀에게 먹이고 싶어 소중히 안고 왔습니다.

보름달같이 환하게 웃는 그들의 얼굴이 자꾸 떠오릅니다. 사랑의 쿠키! 희망의 쿠키를 굽는 장애우 모두가 결혼하고 자식을 키우며 행복하기를 바랍니다.

노근 묵 난도

난은 그린다 하지 않고 '친다.' 한다. 먹의 색, 퍼짐, 굵기, 붓의 속도에 따라 느낌이 다르다. 사군자 중 으뜸인 난은 매화, 국화, 대나무를 익히고 행서와 초서를 끝내야 제대로 칠 수 있다.

난은 고결하며 선비의 기개가 담겨 있어 많은 사람의 사랑을 받는다. 공자가 노나라로 돌아올 때 은곡 계곡을 지나다 늦가을에 핀 난을 보고 '너는 왕자의 향을 지녔건만 지금은 풀 속에 묻혀 있구나.' 하며 자신이 때를 만나지 못하고 여러 나라를 떠돌아다님과 비교 하였다.

'묵 난도'는 채색을 거부하고 오직 먹의 농담으로 표현하기 때문에 담백하다. 벼랑 끝이나 기암괴석과 함께 화폭에 들어있는 난은 선비들의 향기와 성품, 개성을 담았다.

추사 김정희의 '부작난도'. 민영익과 쌍벽을 이루던 흥선 대원군의

'묵 난도'가 유명하다. 흥선 대원군은 여백을 살려 한쪽에 한 포기의 춘란을 섬세하게 쳤는데 뿌리는 굵고 힘차지만 줄기는 가늘고 날카롭게 그렸다. 민영익 작품 '노근 묵 난도'를 감상하고 있는데 명치끝이 저려온다.

민영익은 명성황후의 친정 조카로 17세에 병과에 급제하여 이조 참의까지 오르신 분이며 우리나라 최초로 세계일주여행을 하신 분이다. 난을 사랑하였고 난을 잘 쳐서 그의 호가 '난개.'다.

민영익의 '노근 묵 난도'는 오른쪽 밑 부분의 난과 왼쪽 위로 한 무더기의 난이 마주 보고 있다. 파를 묶어 놓은 듯 여러 대가 곧게 뻗어 있으며 잎이 거칠다. 곧으면서 힘 있게 곡선으로 잎이 쭉쭉 뻗는 것이 난의 매력이라면, 나라를 잃었으니 정체성이 없이 떠 있듯 뿌리를 허공에 두고, 꽃은 고개를 숙이고 있어 서러운 눈물을 흘리고 있는 듯 보인다. 부드럽고 원만하지만 꽃송이만큼은 또렷하게 친 초년기의 난과 비교가 된다.

민영익은 최초로 세계여행을 한 후 선진 문물을 받아들이고자 노력한 개혁세력이다. 고종황제는 1883년 미국 특명전권공사 파견 답례와 자강정책에 필요한 인적과 물적을 지원하고 선진국 문명을 배워오라고 보빙사 11명을 미국에 파견하였다.

사절단은 미국대통령 '아서'를 만나 국서를 전달하고 세계박람회, 방직공장, 제약사, 병원, 철도회사를 견학하였다. 미국의 배려로 미 군함을 타고 로마, 이집트… 세계 시찰에 나섰다. 유학자인 그는 이집트 무덤 앞에서 고인의 무덤을 침범할 수 없다고 고집하며 들어가기를 거부하고 부동자세로 서 있었다고 전한다.

민영익은 망국의 한을 품고 상해로 망명해야만 했다. 황후가 시해되고 고종황제가 폐위되어 암담한 현실에 들어 있었지만 힘을 잃었거나 퇴색되지 않았다. 거친 바람이 그의 영혼을 갈고 다듬어 주었고 예술로 승화시켜 주었다. 거친 표현에서 일제에 항거하는 강한 의지가 느껴진다. 나라의 운명은 끝났지만 나는 좌절할 수 없다. 일어서야 한다는 오기가 들어있다.

민 씨 척족 세력의 중심인물이며 급진 개혁파로 몰려 칼을 맞아 오른쪽 귀를 잃었으니 그의 사진은 항상 옆모습만 남아있다. 상해에 망명해 '꿈속에서나마 천 번이라도 죽동(한양) 집을 찾아가는 방' 이라 호를 '천심죽제'로 바꾸고 전 재산을 털어 안중근을 변호했던 인물이다.

우리는 광해군, 소현세자, 정조 임금 같은 개혁세력을 거부하고 쇄국정책을 쓴 결과 나라를 잃는 치욕을 겪었다. 나라가 없으니 조국의 독립을 위해 헌신하는 애국지사들은 나그네 삶을 살아야 했다.

'노근 묵 난도' 앞에 서니 나라가 있다는 사실이 얼마나 감사한 일인지 피부에 와 닿는다.

눈물샘

지난날 토했어야 할 참았던 응어리가 꾸역꾸역 눈물샘으로 터졌다. '마당 깊은 집'을 읽는데 목이 메고 눈물이 흐른다. 무의식 세계에서 몸이 벌써 인지한다.

집 한 채에 다섯 집이 방 한 칸씩을 월세로 얻어 사는 고달픈 피난민들의 이야기다. 설움 중에 집 없는 설움이 첫째라더니 주인댁을 하늘처럼 섬기며 힘들게 살아간다.

삯바느질이라는 게 계절을 많이 탄다. 여름에는 일이 없어 굶고, 해가 짧은 겨울철에는 점심을 건너뛰며 네 아이를 키우지만, 자존심이 강하고 대쪽같이 곧은 엄마, 열세 살 나이로 가장이 되어 늘 허기진 채 신문팔이를 하는 장손, 입학할 나이가 지났지만 병원 한 번 못 가보고 기침을 하면서 해바라기를 하다 죽은 막내… 어쩌면 그리도 가난하게 살았는지 내 피붙이처럼 아리다.

나는 어려서부터 울기를 잘했다. 큰소리로 대들고 싶은 맘과 달리 눈물부터 나와 말문을 열지 못하는 나 자신이 싫었다. 어머니는 "정수리에 우물을 팠냐?" 찔끔찔끔 눈물부터 흘리는 나를 늘 못 마땅해하셨다.

중학교 때 단체로 영화관에 가서 '유관순'을 보고 얼마나 울었던지 눈이 퉁퉁 부어 놀림을 당하기도 하였다. 나이가 많으면 감정이 무뎌지고 독해지기도 하련만 머리가 희끗 한 지금도 난 드라마를 보다 울고, 책을 읽다 운다. 강한 척 하지만 마음이 여려 어려운 사람이 있으면 도와주지 못해 안달하고 늘 손해를 보며 산다. 조목조목 따져야 하건만 늘 눈물이 앞서 할 말을 못 하고 뒤돌아서 후회를 할 때가 많다.

외손녀도 나를 닮아 울기를 잘 한다. 우리를 뛰쳐나온 치타가 마취총을 맞고도 돌아다녀 시민의 안전을 위해서는 어쩔 수 없이 사살시켰다는 뉴스를 보고, 고작 몇 시간의 자유와 목숨을 바꾼 치타가 불쌍하다고 눈이 붓도록 울었다.

많은 사람으로부터 받은 후원금을 개인이 써버리고 200마리가 넘는 유기견을 안락사시켰다는 뉴스를 보며 외손녀는 또 울었다. 비좁은 철창 안에 수북하게 쌓인 배설물 틈에서 순한 눈을 껌벅이고 있는 유기견들, 고양이와 개가 한 우리에 갇혀 있고… 입양할 주인을 찾지 못하면 그들도 안락사시킬 것이다.

죽은 개들은 잘 묻어 주었을까? 사람들이 싼값에 사서 끓여 먹은 것은 아닐까? 며칠째 유기견과 고양이 때문에 애가 달아 끌탕을 하니 달래다 못해 평택의 그곳을 찾아가서 고양이 한 마리를 입양하였다.

입양한 고양이는 관리를 받지 못하고 열악한 환경에 있어 병균 덩어리였다. 피부가 헐어 털을 밀어낸 후 치료를 하고, 기생충 감염으로 약을 먹이고, 귓속까지 약을 넣고, 한 달 내내 병원을 드나들었다. 급기야 사람까지 피부과를 드나들었다.

고양이는 사람들로부터 시달림을 받고 마음의 상처를 입어서인지 낯선 사람을 보면 구석에 숨기부터 한다. 예쁘다고 쓰다듬어 주려 해도 외손녀가 아니면 곁을 안 준다. 외손녀는 외동이니 고양이가 친구며 동생이고 의지처다.

눈물이 무기가 될 때가 있고, 때로는 사람의 마음을 정화 시켜 주고 눈의 피로를 풀어 주기도 한다. 양파나 파를 다듬을 때도 눈물이 나지만 눈물을 흠뻑 흘리고 나면 눈이 시원해지며 견딜만하다. 눈물샘이 터져 봇물같이 쏟아지면 머리가 맑아지고 가슴은 툭 트이는 느낌을 받는다.

살아가면서 감당하기 힘들 때가 어디 한두 번만 있었겠는가? 그때마다 신앙이란 지주(支柱)가 보이지 않는 끈으로 나락으로 떨어지는 나를 이끌어 주셨을 것이다.

눈물 한 방울 흘리지 않는 사람은 무서운 사람이다. 울어야 할 때는 울어야겠지만 혼자만 우는 것도 주책이다.

눈물을 보일 때마다 험한 세상에 제 것이나 제대로 지키며 살겠나? 어머니는 늘 걱정을 안고 사셨지만 인덕이 많아서인지 난 무탈하게 잘 살고 있다. 사회가 각박해졌다고 걱정을 하는 이때 이익을 앞세우거나 도움받기를 원하는 비굴한 눈물이 아니라 가슴이 따뜻한 눈물이 더 필요하다.

의심스러우면 끊어 버려요

우리집 전화는 시어머니 전용 전화다. 각자 핸드폰이 있으니 집 전화는 가끔 여론조사나 홍보용이 많다. 어떤 때는 전화 받는 일이 귀찮아 벨이 여러 번 울려야 받는다.

수화기를 들자마자 "국제 전화입니다." 국제 전화가 올 일 없으니 바로 수화기를 놓아 버린다. 가끔은 무슨 말을 하나 좀 들어볼 걸 그랬나 하는 호기심도 생긴다. 어눌한 발음을 보니 보이스피싱 같다는 생각이 들지만 신고를 하면 귀찮은 일이 생길까 봐 무시해 버리고 만다.

어제는 좀 특이한 전화를 받았다. 아들이 10시 반쯤 서울로 출장을 간다는 말을 남기고 출근을 했다. 점심을 먹고 느긋하게 책을 뒤적이고 있는데 전화벨이 울린다.

"상현네 집인가요?" "상현이 어머니 좀 바꾸어 주셔요." "상현이 엄마인데 무슨 일로 상현이를 찾으시나요?" "서울 상계동인데 조금 전에 상현이 차가 골목길에 주차해 있던 차를 받아 차 옆부분이 찌그러졌는데 뺑소니를 쳤어요. 저는 차 주인은 아니고 가까이 주차해 있었는데 제 차 블랙박스에 찍혀 있어서 뺑소니로 신고를 할까 하다 어머니께 먼저 전화를 드립니다."

순간 혈압이 올랐다. "아무리 내 아들이라도 뺑소니를 쳤다면 용서할 수 없으니 당장 경찰에 신고해주세요." 말이 끝나기도 전에 전화가 뚝 끊겼다. 듣고 있던 남편이 "뭘 경찰에 신고하래?" 내용을 듣자, "보이스피싱이구먼." 했다.

그런데 아들이 상계동에 있을 시간이다. 전화가 끊겼는데도 개흙을 뒤집어쓴 느낌이다. 아들의 이름과 집 전화번호를 알고 있는 것을 보면 아들이 전혀 모르는 사람이 아닐지도 모르는데… 계모인가? 아니면 참 독한 여자라 생각했겠지?

얼마나 보이스피싱 피해가 많았으면 TV에서도 녹음된 '그놈의 목소리'를 들려주겠는가. 고학력인 사람이 피해를 입었다고 해 이해가 안 갔는데 동서의 말을 듣고 그럴 수도 있겠다는 생각이 들었다.

동서가 학원 갔다 돌아올 4학년 아들을 기다리고 있는데 전화가 울렸고, 수화기를 들자마자 아이의 울음소리와 함께 "엄마, 살려줘. ○○슈퍼 앞에서 어떤 아저씨들이 차에 태워서 데려 가고 있어." 순간 심장이 쿵 내려앉고 손이 떨려 수화기를 잡고 있기 힘들었단다. 남자아이의 울음소리는 아들과 구별이 쉽지 않았고 돈을 싸 들고 달려가 아들을 구해야 되겠다는 생각밖에 들지 않았다 한다. 아들이 친구와 문

방구에 들러서 조금만 있다가 들어간다는 전화가 바로 와서 보이스피싱이란 걸 알아차렸고, 애꿎은 아들만 늦었다고 혼냈다고 한다.

어젯밤 꿈자리가 사나웠는데 액땜한 것으로 치자, 하면서도 마음이 편치 않다. 서울 길이 좀 복잡한가! 밀려든 차들 틈에 끼어 차선을 바꾸지 못하고 한참씩 돌아 헤매지 않았던가. 운전 실력을 믿고 아들이 미꾸라지처럼 좁은 골목길을 빠져나가다 접촉사고를 낸 것이 아닐까?

정말 사고가 났다면 벌써 신고가 됐고, 아들에게서 연락이 왔겠지? 당신 닮아 아들도 전화를 잘 받지 않는다고 애꿎은 남편한테 투정하며 조바심 나는 가슴을 달랜다.

아들의 전화에 화부터 난다. "제발 전화 좀 제때 받아라." "상담이 있어 전화를 잠시 꺼놓았다가 잊어버렸지, 엄마 전화가 여러 번 찍혀 있기에 집에 무슨 일 있나 걱정했어요?" "척 들으니 보이스피싱인데 우리 엄마 또 소설을 썼겠네." 우리는 그 한 통의 전화 때문에 한나절을 심기가 편치 않게 보냈다.

재산을 지켜주는 것은 경찰이다. 보이스피싱은 끊어버린 전화로 다시 하지 않고 꼭 필요한 사람이라면 다시 전화가 올 확률이 높다. 어쩌다 순진한 사람들 등쳐먹을 생각을 하는 사람이 늘어 사회 문제가 되는 세상인가! 어수룩하거나 욕심을 부리면 사기꾼에게 당하기 쉬우나 보이스피싱은 교묘하게 불안한 심리를 이용한다. 낯선 전화는 받지 말거나 그냥 끊어버리는 것이 상책이란 생각이 들었다.

토끼, 멍멍이 그리고 삐약이

세 돌이 가까운 손녀가 동물원에 다녀온 후 그림 그리기에 빠졌다. 백지만 보면 볼펜으로 동그라미를 두 개 세 개 그려댄다. 어른들 눈에는 그게 그건데 삐약이, 토끼, 멍멍이란다.

급기야 철 지난 달력이 아이의 낙서장이 되어 토끼를 그려 달라, 멍멍이를 그려 달라, 요구사항이 많다. 귀를 크게 그리면 토끼라고 좋아하는데 멍멍이는 아니라고 울상을 지어 방안에 있던 모두가 덩달아 웃었다.

미술에 소질이 없으니 네발 달린 짐승은 귀가 크고 다리만 짧을 뿐 비슷하게 그려진다. 아이의 눈에도 귀가 크니 토끼로 보였고 멍멍이는 아이의 뇌에 각인된 모습과 달라보였나 보다.

그래! 눈으로 보았으니 그릴 수 있지! 사람은 무엇인가 표현하고 싶거나 절대자의 힘에 의지하고 싶을 때 그림을 그리는가 보다. 숫눈위에 발자국을 찍어 꽃을 만들고, 파도가 밀고 간 모래밭에 손가락으로 그림을 그리듯, 사람은 그리기를 좋아하는 유전인자를 가지고 태어나는가 보다.

선사시대 사람들도 누르고, 긁고, 파내어 빗살무늬 토기와 잔무늬 거울, 동굴벽화, 암각화를 남겼다. 그림을 그릴 수 있는 도구나 재료가 없던 선사시대 사람들 중 예술적 감각이 뛰어난 사람은 나뭇가지로 땅에 그림을 그리거나 숯으로 나무나 돌에 그림을 그렸을 것이다. 쉽게 지워짐을 아쉬워하다가 돌에 선과 면을 파내었을 것이다.

7대 불가사의 중 하나며 유네스코 세계문화 유산에 등재되어있는 나스카 지상화는 연 강수량이 1cm 미만인 건조지대라 2,600년이 지난 지금까지 남아있다. 축구장 3배 크기에 달해 지면에서는 판독 불가능하다. 해발 500m가 넘는 건조한 평원에 기하학도형과 새, 고래, 원숭이, 거미, 꽃등 30여 점의 동물과 식물 그림을 남겼다.

그 높은 곳에 왜 그렇게 큰 그림을 그렸는지 밝혀지지 않아 우주인의 메시지나 신에게 바치는 제물, 또는 인디오들의 천문달력 등 설도 많다. 외계인이 그렸다면 여러 곳에 더 많은 작품이 남아있지 않겠는가.
한눈에 볼 수 없을 만큼 큰 그림을 그리려면 원근감과 구도가 맞는 예술적인 안목이 있어야 하고, 경제적인 여유와 공중에 매달려 바위를 쪼아 그림을 완성할 수 있는 젊고 튼튼한 사람도 여럿 있어야 한다.

거북이가 넙죽 엎드린 형상의 바위라 하여 반구대라 부르는 울산의 반구대 암각화도 보존처리 때문에 요즘 화재 거리다. 아파트 1층 높이 대곡천 절벽 바위에 10m 길이 암각화를 그렸다. 신석기 사람들도 넓은 공간을 선호하였나 보다. 금방 지워지는 흙이나 모래보다는 단단한 바위를 택했으며, 솜씨에 자신이 붙으니 먼 곳에서도 볼 수 있도록 점점 더 높은 곳에 커다란 그림을 완성해 마을의 상징물로 삼지 않았을까?

암각화에는 고래, 물개, 거북, 사슴, 멧돼지, 호랑이, 배에 탄 사람, 그물, 방패, 등 200여 점이 있다. 평상시에 생활하던 모습과 주위에서 흔히 볼 수 있는 동, 식물이 새겨 있는 신석기인들의 일기장이다. 표현한 동물의 숫자가 각기 다른 것을 보면 그 시대에 실존하는 동물의 개체 수와 비례했을 것으로 본다.

큰 규모의 암각화나 지상화는 공동 작업을 통해 질서와 협동심을 키우고 마을에 평화를 가져왔을 것이다. 박물관에 전시되어 있는 유명화가들의 그림을 보고 깊은 감명을 받듯이 암각화가 완성되었을 때 그들은 얼마나 큰 희열을 느꼈을까?

역사학계는 물론 고고학계와 미술학계에서 신석기 사람들의 생활상을 연구하는 귀중한 자료가 되고 있다.

글을 모르는 아이는 원과 선을 이어 추상화를 그린다. 원이라고 다 같은 원이 아니었다. 그 나름대로 토끼와 멍멍이, 삐약이가 조금은 다르게 표현되어 있어 한참 지난 다음에 물어도 어김없이 삐약이를 짚어 낸다. 말이 통하지 않을 때는 손짓과 몸짓으로도 의사소통이 되듯이 그림으로 소통이 되나 보다. 그림을 통해 아이의 언어를 유추해 보는 재미도 있었다.

연어의 꿈

　연어 속에는 고향이란 단어가 들어있다. 산새들의 지저귐과 숲 냄새가 들어있고 맑은 강물의 냄새가 들어있다.

　양양 남부 내수면 연구소에서 연어를 포획하여 치어를 방류할 때까지의 과정을 방영한 적이 있다. 모천으로 회귀하는 연어를 한 곳으로 모으기 위해 물막이를 만들어 통로를 따라 올라오는 연어를 포획하여 암컷의 배를 가르고 알을 꺼내 수컷의 정액을 섞어 주고 있었다.

　넓은 수조에는 채란한 알, 까만 눈이 또렷이 보이는 알, 새끼가 알을 찢고 꼬리를 흔들며 튀어나오는 모습, 멸치 떼같이 몰려다니는 치어의 모습까지 볼 수 있다. 많은 양의 알을 채란해 부화시키고 치어를 방류해 더 많은 연어의 귀향을 돕고 있다.

　양양의 남대천 강에서 부화한 연어는 춥고 깊은 오츠크해에 나가 생존경쟁을 겪으며 성어가 되어 모천회귀(母川回歸)본능으로 돌아온다.

누가 길을 안내하거나 등을 떠민 것도 아닌데 모천(母川)의 냄새를 기억해 내, 거센 물살을 헤치고 뛰어오르기를 반복하며 수천 km의 여정에 오른다.

헤엄을 치기에는 턱없이 얕아 살갗이 벗겨지고 지느러미가 떨어져 나가도 사력을 다해 거슬러 오른다. 혼인색을 띤 연어들은 먹는 것조차 잊은 채 오직 산란만을 위하여 모든 에너지를 쓴다.

물이 맑고 자갈이 깔린 곳에는 산란을 위한 연어들이 모여 지느러미로 자갈을 밀어내며 필사적으로 구덩이를 판다. 암컷 연어가 앵두 같은 알을 쏟아내면 수컷은 뿌연 정액을 뿌려 마무리를 한다.

물살에 알이 떠내려가지 않게 구덩이 주위를 돌로 덮고 큰 돌을 굴려 물길을 바꾼다. 안전하게 넓은 세상으로 나가기를 바라는 어미의 간절한 소망이 담겨 있다. 산란을 마친 어미는 살갗이 찢어지고 지느러미가 떨어져 나간 채 조용히 숭고한 죽음을 맞는다. 어미의 살과 뼈는 어린 연어들의 먹이가 되겠지?

연어 알은 남대천 맑은 물에서 약 두 달이 지난 후 부화하여 바다로 나갈 체력을 키운다. 강과 바다를 오가며 염분의 농도를 조절한 후 넓은 세상을 꿈꾸며 힘차게 나간다.

물살을 헤치고 거슬러 오르기가 얼마나 힘이 들겠는가? 부실한 어도와 오염된 환경에서 길을 찾기도 쉽지는 않았을 것이다. 육신이 떨어져 나가는 아픔을 견디며 기어이 터를 잡고 산란을 하고 생을 마감하는 연어는 자식이 꿈인 우리 어머니의 모습과 닮았다.

부모님이 안 계신 고향은 너무 멀게 느껴져 일 년에 한 번씩 아버지 제사 때만 찾는다. 전철을 타고 고향 가는 시간은 내 안에 머물러 있는 기억들을 하나씩 꺼내보는 시간이다.

어머니는 일곱이나 되는 자식의 등록금을 마련하기 위하여 손톱 깎을 새가 없이 일에 매달려 사셨다. 방앗간 바닥에 흩어진 싸래기 쌀을 모으고 쌀겨를 모아 닭을 키우고 돼지를 키우셨다. 장날이 돌아오면 짚을 추려 밤새워 계란 꾸러미를 싸서 일꾼의 마차에 실어 보내셨다.

남들은 솜저고리를 입었을 때 골덴잠바를 입었고, 고무신 대신 검은색 운동화를 신었으며, 보자기 대신 가죽가방을 메고 다녔어도 그때는 호강인 줄 몰랐으니 철이 없어도 한참 없었다.

직장생활을 할 때, 쌀과 부식을 가지러 일요일마다 집에 가면 쌓여 있는 일이 먼저 반겼다. 팔을 걷어붙이고 어머니의 일을 도와드릴 생각은 못 하고 해도 해도 끝이 없는 게 일이니 적당히 하시라 짜증부터 냈다. 아예 집에 가지 않고 놀러 나갈 때도 있었다. 그때마다 어디 아프나, 굶지는 않나, 걱정하셨지만 그마저도 짜증을 내며 어머니 탓으로 여겼다.

이불장 옆 구석에 붉은 실, 흰 실, 검은 실을 바늘의 크기에 따라 꿰어 꽂아 놓으라 하셨다. 어머니 나이가 돼서야 노안으로 바늘귀 꿰기가 쉽지 않다는 것을 알았다. 돋보기 사드릴 생각만 했어도… 후회는 늘 지난 다음에 한다.

연어가 수천 킬로미터를 헤엄쳐 돌아오는 것은 고향이라는 이유다. 연어가 모천을 찾아 생을 마감하듯이 내 혈관 속에는 어머니의 냄새, 고향의 냄새가 배어 있어 늘 그리운가 보다. 고향은 어머니 품속 같아 아늑한 곳, 늙어서 돌아가고 싶은 곳이다.

내가 아닌 모두를 위한 것

    나라 안이 5월 무논의 개구리 떼처럼 들끓는다. 데모를 하다 하다 제발 데모하지 말라고 마스크를 쓴 채 무언의 데모까지 하는 실정이다.

    옳은 말을 하고 잘못을 꾸짖을만한 어른이 안 계신 것이 원인인가? 임시직을 0으로 하겠다는 대통령 말에 기간제 교사로 들어온 사람까지 정규직화 하라고 데모를 한다. 세상은 공평해야 하는데 열심히 공부해서 시험을 치고 자격을 얻은 사람과는 형평성이 어긋나지 않은가? 선생님의 생각이 거기에 머물러 있으니 안타깝다.

    급기야 장애를 가진 어머니들이 무릎을 꿇는 일이 생기고, 대안학교, 쓰레기매립장, 화장장은 물론 주차공해와 시끄럽다는 이유를 들어 문화공간과 주민편의 시설도 님비의 대상이 되었다. 길을 사이에 두고 찬성집회와 반대 집회가 열리는 이상한 나라에 산다.

    군중의 힘이랄까? 여럿이 모이면 힘이 생기고, 힘이 생기면 목소리가 커지고, 목소리가 커지면 관심을 갖게 된다. 관심을 두면 목소리가 점점 더 커지고, 다수의 힘을 이용해 아예 길을 막아 통행을 막는다. 과격해진다.

북한이 핵을 만드니 우리도 만들자는 사람이 있다. 사드를 설치하는 데도 길을 막고 난리를 치는데 핵을 만든들 어디에서 핵 시험을 할 수 있겠는가? 북한에서는 핵실험으로 산이 무너지고 몇 개의 마을이 파손되었다고 하지 않던가? 그와 같은 일이 남쪽에서 일어난다면 정권 자체가 무너지고 몇몇 사람들은 보따리를 싸서 외국으로 도망칠 것이다.

다수의 힘이 강하다는 사실을 나도 체험했다. 우리 동네에 있는 중, 고등학교가 외곽으로 이전을 하게 되었다. 학교를 설립할 때 어떤 혜택을 받았는지는 뒤로 하고, 아파트를 지을 계획인 큰 건설사와 계약을 맺는다는 소문이 돌았다. 고급아파트가 들어오면 문화시설과 상가가 활성화되지만 춘천의 진산인 봉의산을 가리게 된다. 무엇보다 좁은 도로가 문제였다. 출퇴근과 학생들 등하교 시간만 되면 아이들을 태우고 오는 차량과 학원 차량이 꼬리를 물고 학생들은 겁 없이 달리는 차량 사이를 비집고 길을 건넌다. 차량이 뜸하기를 기다렸다가는 아예 길을 건널 차례가 오지 않는다.

반상회를 통해 길이 넓혀지기 전에 아파트가 들어서는 것은 문제가 있으니 반대하자는 의견을 모았다. 시청으로 달려가 데모를 하자는 사람이 있는 반면, 우선 반대할만한 근거자료를 제출하자는 의견이

나왔다. 근거자료를 만들기 위해 닷새 동안 반장들이 당번을 정해서 학교 앞, 양쪽에 의자를 놓고 앉아 시간대별로 통행하는 차량의 크기와 대 수를 조사해 반원들의 도장을 받아 시에 민원을 넣었다. 그 결과 시 의회가 들어오고 대학의 정문과 대학도서관이 지어져 환경이 쾌적해졌다.

힘이 생긴 동네 사람들은 '우는 아이에게 젖 준다.'고 이번에는 오거리에 신호등을 설치해 달라는 진정서를 내자고 하였다. 길이 좁은데 병원 응급실이 있고 오르막 차선에 오거리라 길을 건너기 힘들다. 보행자는 꼬리를 문 차량들 사이를 비집고 눈치껏 건너야 하고, 아이들은 겁없이 뛰어다니고, 차는 막무가내로 달려드는 사람을 피하며 쌍욕을 퍼붓는 실정이다. 차량 간에 접촉사고와 사람과 차의 접촉사고가 빈번히 일어난다는 이유를 들어 진정서를 제출하였다.

신호등을 설치하라는 목소리가 커지니 신호등이 교차로 양쪽으로 여덟 군데 생겼다. 신호를 지키는 사람들의 보행은 안전한데 문제는 차량흐름이 한없이 더디다는 것이다. 두 번쯤 신호를 받아야 출발하니 꼬리를 문 차량의 끝이 보이지 않자 기사들의 불만이 쌓여 아예 신호를 피해 골목길로 달려 대문을 열고 나서기가 겁났다.

신호등은 얼마 못 가서 무용지물이 되고 말았다. 반장으로 총대를 멨던 나는 잠자는 신호등을 볼 때마다 탁상행정이요, 국가 예산을 낭비한 범인인 것 같아 맘이 편치 않다.

우리가 아닌 개인주의가 원인이요. 법의 잣대가 엄격하고 공정해야 하는데 그렇지 않다고 느끼는 것이 문제다. 표를 의식해 미래를 내다보는 정책보다는 당장 눈에 띄는 성과만을 생각한다. 국익보다 개인과 당파의 이익을 앞세우는 꼴이 꼭 구한 말 정세 같아 걱정이 앞선다. 좁은 땅에 사는 우리 모두 만족할 수는 없다. 광장에 들어선 집회 천막이 사라지고 떼쓰는 사람이 없는 조용한 곳에서 살고 싶다.

김유정 소설, 「가을」 이어쓰기

"육시랄 이 마당에 뭔들 못하겠어, 앞만 보고 가는 거야!"

이를 악물며 다짐을 해 본다. 영득아, 엄마가 없다고 보채지 말고 밥 잘 먹고 며칠만 참으렴.

소장수 돈 5원은 잠시 빌리는 거니까 나중에 송아지 한 마리쯤 더 얹어서 갚으면 돼. 5원이면 여기저기 진 빚을 갚고도 도시에 나가서 거처할 월세 보증금 정도는 남을 거야. 도시에 가서 남의 눈치 보지 않고 지게 품 팔고, 풀빵 장사를 해서라도 둘이 벌면 너 하나쯤은 도련님같이 학교에 보낼 수 있을 게다. 머리가 좋은 영득이를 가르치기만 한다면 판검사는 못되더라도 넥타이 매고 끼니 걱정은 안 하며 살 수 있겠지! 암 그렇고 말고!

오죽했으면 아내를 팔 생각을 했을까. 밑천만 있으면 크게 성공할 만한 머리와 재주가 있는 사람인데……. 대서를 해준 아제가 추궁을

당하겠지만 그도 생각나는 것이 덕냉이 큰집밖에 더 있을까?

　국밥집에서 든든히 먹어서인지 이십 리 길을 걸어왔어도 다리가 아
픈 줄도 모르겠다.

　소 장수한테 의심을 받지 않으려면 기생첩같이 착착 감겨도 안 되
고 각을 세워도 안 되겠지. 내 한 몸에 우리 세 식구의 명줄이 달렸으
니 나흘 동안이지만 너무 가깝지도 멀지도 않게, 조금 팽팽한 고무줄
을 잡고 있는 듯 조신하게 굴어야겠다. 자식을 떼어놓고 온 어미 심정
이 티 나지 않게 하얀 쌀밥에 배 두드리는 무지렁이 시골 아낙처럼 만
족한 얼굴을 지어야 한다.

　홀아비살림이니 손 갈 일이 좀 많은가. 일에 파묻히니 하루해가 금
방 갔지만 밤은 길었다. 어미를 한 번도 떨어져 본 적이 없는 영득이는
어미를 찾다 병이 나지 않았을까? 당장은 아내를 팔아먹은 놈이라고
욕을 해도 동네 사람들한테 꾼 돈 떼어먹지 않았으니까 시간이 지나면
잊히겠지. 이웃 눈치 못 채게 이사 갈 준비를 착착하고 있을 테니 죽은
듯이 꾹꾹 사흘만 참자.

　잠을 설쳤지만 끼니 걱정 안 하고 쌀독에 쌀을 푹 퍼서 강낭콩을 조
금 섞어 밥을 지으니 씹을 새도 없이 술술 잘도 넘어간다. 단 나흘이지
만 최선을 다해 살림을 돌봐주어야 조금은 덜 미안할 것 같아 안팎으
로 청소를 하고, 벗어놓은 옷가지를 푹푹 삶아 볕에 잘 말려 개켜 놓
았다. 나물 무치고 김치 담아 놓고 물독과 가마솥에 물을 길어다 가득

채워 놓았다.

하나하나 씻어 놓은 살림살이가 자리를 잡으니 집에서 온기가 돌았다. 영득이만 아니면 이대로 눌러살아도 괜찮을 것 같다는 생각이 들어 머리를 흔들었다.

옆에서 코를 골며 잠든 애꾸눈 소장수의 모습을 보니 돈은 많아도 측은하다는 생각이 들었다. 노처녀나 반반한 과부를 만났더라면 점방을 내고 자식을 낳아 정붙이고 사련만 나 같은 여자를 만났으니, 혹여그나 나나 전생에 지은 죄가 커서 그런지도 모르겠다.

남자가 코를 골자 해지기 전에 채마밭에 숨겨 놓았던 새로 얻어 입은 옷 한 벌과, 곡식을 담은 보따리를 들고 나섰다.

'하룻밤을 자도 만리장성을 쌓는다.'는 말이 있지만 자식이 눈에 밟혀 떠나니 용서해 주십시오. 열심히 벌어서 이담에 송아지 한 마리 얹어서 꼭 갚겠습니다. 정말 죄송하다는 편지라도 한 장 써 놓고 떠났으면 좋으련만 까막눈인 것이 원망스럽다.

사나흘 잘 먹어서인지 횡~ 횡 바람을 가르며 달려도 힘이 들지 않았다. 의지할 피붙이 하나 없으니 남편이 보아 둔 곳으로 세 식구 손 잡고 가기만 하는 된다.

아침 해를 받은 논에는 벼가 노랗게 익어가고, 고개를 축 늘인 수수대가 새들을 모으고 있다. 들판의 허수아비도 건들건들 춤을 춘다.

핏기가 돌고 있을 남편의 얼굴과 달려드는 아들을 생각하니 나흘 동안 꿈을 꾼 듯도 하다.

　자글자글 구운 자반고등어 살을 발라 이밥에 얹어주면 넙죽넙죽 받아먹을 아들의 모습이 눈앞을 스치고 지나간다.
　무심하게 가을 하늘은 깊어만 가고 있었다.

시와소금 산문선 · 012

닮고 싶은 얼굴
©장희자 수필집, 2019. printed in seoul, Korea

초판 1쇄 | 2019년 04월 20일

지은이 | 장희자
펴낸이 | 임세한
책임편집 | 박해림
디자인 | 유재미 정지은

펴낸곳 | 시와소금
등 록 | 2014년 01월 28일 제424호
발 행 | 춘천시 충혼길 20번길 4, 시와소금 (우-24436)
편 집 | 서울시 중구 퇴계로50길 43-7 (우-04618)

전자주소 | sisogum@hanmail.net
구입문의 | ☎ (070)8659-1195, 010-5211-1195

ISBN 979-11-86550-88-5　03810

값 : 13,000원

• 본 수필집은 2019년 춘천시문화재단 전문예술창작지원금으로 제작되었습니다.